NEL LEGNO E NELLA PIETRA

山 林 间

［意］毛罗·科罗纳 著

亚比 译

MAURO CORONA

广西师范大学出版社
·桂林·

山林间
SHANLIN JIAN

NEL LEGNO E NELLA PIETRA by Mauro Corona Copyright © 2003 Arnoldo Mondadori Editore, Milano © 2015 Mondadori Libri S.p.A., Milano
All rights reserved.
著作权合同登记号桂图登字：20-2018-178 号

图书在版编目（CIP）数据

山林间／（意）毛罗·科罗纳著；亚比译. —桂林：广西师范大学出版社，2020.8
ISBN 978-7-5598-2823-1

Ⅰ.①山… Ⅱ.①毛…②亚… Ⅲ.①散文集－意大利－现代 Ⅳ.①I546.65

中国版本图书馆 CIP 数据核字（2020）第 089247 号

广西师范大学出版社出版发行
（广西桂林市五里店路 9 号　　邮政编码：541004）
　网址：http://www.bbtpress.com
出版人：黄轩庄
全国新华书店经销
湛江南华印务有限公司印刷
（广东省湛江市霞山区绿塘路 61 号　邮政编码：524002）
开本：889 mm × 1 194 mm　1/32
印张：9.125　　字数：189 千
2020 年 8 月第 1 版　　2020 年 8 月第 1 次印刷
印数：00 001~10 000 册　　定价：58.00 元
如发现印装质量问题，影响阅读，请与出版社发行部门联系调换。

目 录

第一部 人生之歌

笨拙的小偷 / 003

三十秒惊魂记 / 006

巴力桶 / 009

半夜枪响 / 011

孤独山居 / 014

闪电超人梦 / 017

诚实的机器 / 020

逞勇蠢事 / 022

老爸戒酒记 / 025

艺术家醉酒记 / 028

滑雪比赛 / 031

打水漂 / 034

捕鳟奇招 / 037

热腾腾的浓汤 / 040

重新响起的钟声 / 044

老爸的玩笑 / 047

圣诞忆往 / 050

科罗纳桥惊魂 / 053

会飞的小偷 / 056

宝贵的一课 / 059

神迹 / 062

环保的启蒙 / 065

我的奇师异友 / 068

遇鬼记 / 072

三只小渡鸦 / 077

第二部 故乡之歌

吹牛比赛 / 083

妙贼传奇 / 086

刻花的牧羊杖 / 089

浪子回头 / 092

男人和他的男傧相 / 094

樵夫巴蒂的故事 / 097

厄多突击队 / 100

一把筛子 / 103

切利奥的故事 / 106

处女树墩 / 108

巫婆的伎俩 / 111

如金丝雀飞跃 / 114

一卡车牧草 / 117

节制的智慧 / 120

消失的清泉 / 123

雄鹿复仇记 / 126

狐狸情深 / 130

那个坚毅的年代 / 134

第三部　攀岩之歌

年少往事 / 143

库吉到厄多 / 147

蒙塔纳亚谷尖峰忆往之一：奇妙的邂逅 / 150

蒙塔纳亚谷尖峰忆往之二：尘封往事 / 154

蒙塔纳亚谷尖峰忆往之三：被迫取消的约定 / 158

蒙塔纳亚谷尖峰忆往之四：萨尔的爱女 / 162

奇迹 / 166

神秘的第六感 / 169

挫败记事：引言 / 173

挫败记事之一：骄者必败 / 177

挫败记事之二：救命小树 / 181

挫败记事之三：神秘先锋路径 / 184

挫败记事之四：迪博纳路径 / 188

挫败记事之五：半途而废 / 193

挫败记事之六：先下手为强 / 196

无法重攀的路径 / 200

拥抱高山 / 203

寻宝记之一：蒂西的岩钉 / 207

寻宝记之二：格兰维的岩钉 / 210

登山家到海边 / 214

第四部　采石之歌

消失的路径 / 221

神秘的蓝眼睛 / 226

走运？ / 231

菲雷尔老板 / 235

采石场的一天 / 239

采石场意外 / 244

一条裤子 / 249

与死神擦肩而过 / 253

静谧时刻 / 258

厨师 / 262

暂时出走 / 267

坠落谷底的欲望 / 273

惊讶 / 278

采石场的终局 / 284

结语　山与人生之悟 / 291

第一部

人生之歌

笨拙的小偷

小时候,爷爷有一次带我去森林"偷"一对长歪的枫树枝,那是要用来做新雪橇的滑板的。爷爷可不是小偷噢,要是捡到鼓鼓的钱包,他会交给神父,让神父去寻找失主,这正是博尔扎诺(Bolzano)一地(他以前到这里叫卖他做的木器)过去的作风。但一说到植物,嘿,他有时就会忽略了十诫中的第七诫。当他在别人的林地中相中一棵长相特殊、适合做木器的树木时,尤其手痒,只因为爷爷太爱他的森林了!于是,机会一来,他就会在别人的森林里东砍一棵、西砍一棵。但我必须再度强调:用来生火的树枝,他老先生可是一根也没偷过噢。

那一天,在迪亚克谷地(Val Diach)靠近鲁尼山(Col Luni)的森林内,他瞧见两棵枫树。他看出树上的一对树枝拿来做雪橇的滑板再合适不过,便决定将它们占为己有。而既然我在场,他就顺便找个机会教育我一番,教我偷窃时不被逮到的招数。

"首先,"爷爷说,"你得一动也不动地坐上至少半个小时,听听附近有没有传来脚步声之类的嘈杂声。接着开始砍树。注意！斧头顶多只能连砍两三下，绝不能多砍。暂停一会儿，竖起耳朵听听看有没有人被砍树声给引来。"

老先生说着说着，开始示范起刚刚教给我的伎俩。每砍两三下，就暂停一会儿。不过，因为他有点重听，所以呢，竖起耳朵留意有没有人走近的责任，就落在我身上。我没听到任何嘈杂声，连一点可疑的沙沙声也没有，便向爷爷做了个手势，示意他再度挥动斧头。砍下第一棵枫树后，他准备砍第二棵。用的总是同一招：砍几下，停下来听一会儿，再重新砍。

正当第二棵枫树快被砍下来时，离我们几米的松木林内，宛如变魔法似的，突然冒出一位和我们很熟的老太太。哦，原来是芮达（Riùta），这座森林的主人。她直视着爷爷，脸上堆满了笑容，说："亲爱的菲利切（Felice），看得出来你上了年纪后记忆力衰退，竟然把森林的界线给弄错了！瞧，你的森林只到远远那一头。你现在砍树的地方可是我的地盘呢！"

这话一说完，她立马改变语气，收起笑容，很不客气地叱喝道："教小孩子偷东西，羞羞脸！要的话，只要开口向我说一声就好了，干吗用偷的？"爷爷咕哝了几句，点了半支雪茄，面红耳赤地把头埋在大衣内，活像一只缩头乌龟。老太太脸转向我，继续说下去："小朋友，这两棵树你拿去吧，算我送你的礼物。不过，是送给你，不是送给他噢。"她用手指头指着爷爷，结束了这场训话。

走回谷地途中，爷爷对着我大吼大叫，怪我不专心，竟然没有听到老太太向我们走来的脚步声。

"我真的一点声音也没有听到,"我结结巴巴地为自己辩护,"她好像是飞来的。"

"这么说是个巫婆喽。"爷爷气呼呼地回我一句,同时使劲地用绳子拖着枫树枝,好像在拖一只被缰绳套住的小绵羊。

三十秒惊魂记

有一天我在工作室做木雕时，发生了一件巧得不能再巧的事，害我差点受重伤。整个过程惊心动魄，简直像是恐怖片导演的杰作，说是现实生活中发生的事，恐怕没有人敢相信。

我雕的是一尊真人般大小的圣母像，当时正用电动锯刀在一棵石松木的树干凿出雏形。这关键性的头几刀，既费时又费神，凿起来非常吃力。这么大的雕像，用电动锯刀凿出雏形，起码得花上三个小时的时间。如果一边用手紧握手把，还得一边用食指按压加速器，手臂会很累。为了省力，有人发明了在机器上安装按钮，加到最高速时，可单击按钮来锁住加速器，好让手指休息。

我用电动锯刀在雕像的背面锯出面纱的轮廓，根据草图，这面纱应一直垂到圣母的脚边。这个步骤需要花上几分钟的时间，因此，电动锯刀一加到最高速，我随即将加速器锁住。锯了一会儿之后，我将机器往后倾，倒出里头的木屑，好让锯齿状的铁锯可以顺利地继续运转下去。不料，因为倾斜的角度过大，刀口碰触到了木头，电动锯刀顿时变得像只被激怒马,前腿朝天站立起来。我的手臂顿时承受了一股强烈的反弹,即便双手已经习惯这类外力,但因为来得太过突然,一时之间不知如何是好,就松开了。

电动锯刀掉在地上,就这样展开了一场噩梦。加到最高速的妖怪,开始像只疯狗般在房间内跑来跑去。锐利的锯齿紧贴着木板,拖着马达一会儿跳来跳去,一会儿扭来扭去,一会儿跌跌撞撞,动作令人捉摸不定。

有两三回,幸亏我又跳又闪,才免于断手断脚的惨剧。我的动作之灵巧美妙,得个最佳斗牛士奖什么的,也当之无愧。

只是,这头牛快如闪电,火速地在房间内冲来冲去,令我毫无招架之力。我吓得拼命闪躲,脑海同时闪过一个念头:跳上木匠的工作台。但工作台离我太远了,再说,这只虎视眈眈的妖怪也不会轻易放过我。有好几回,锯刀从我的裤子边缘擦过,要是真的碰到裤子就完了。那钢梳和鲨鱼的牙齿一样尖利,一旦碰到裤子,一定会紧抓着布料不放,然后拖着刀刃,刺进我的肉里。

这个骇人的情况持续了大约三十秒,我却觉得仿佛有一个世纪那么长。

我跳了无数次,又闪了一次,终于顺利地跳上工作台。啊,总算得救了!那机器好像知道我逃出它的魔掌似的,越发愤怒,随即潜入工作台下面,锯起工作台的后脚。不过这个动作使它的精力逐渐耗损,被困在局促的空间,它再也无法乱跳了。

我居高临下窥视它的动静，仿佛一只准备扑向猎物的猎鹰。但我怕它会挣脱桎梏，重获自由，迟迟不敢走下来。过了一段时间，才下定决心回到地面。我担心这电动锯刀恢复先前的精力，又跳动起来，战战兢兢地抓住它的手把，松开加速器的按钮，总算顺利地把马达关上。

　　这时的我，已是满头大汗。我伸手擦拭脸上豆大的汗珠，这才意识到工作室内是一片死寂。

巴力桶

　　1963年夏天，瓦琼（Vajont）灾难毁灭一切之前，损害人命、风俗、习惯、传统以及古老的行业之前，我最后一次在阿尔卑斯山脉泽摩拉谷地（Val Zemola）的草地上当牧童。那一年我刚满十三岁。

　　7月底，我们必须带着家当和牛群一起从贝丁石屋（Casera Bedin）搬到佩梓（Pezzi）。佩梓位于一片壮丽的林中空地，就在杜兰诺山（il Monte Duranno）南边的山脚，四周环绕着枞木和落叶松。迁徙牛只之前，我们得先将一些器具从石屋内搬到住处，好比凝乳专用的铜锅，牛奶桶，巴力桶，牲畜的用品。从贝丁到佩梓来回走一趟，至少要花四个小时。我一天可以搬运好几趟。

　　某一天，我来回走了几趟之后，再度出发前，牧人要我搬运一只巴力桶。这是一种很特别的容器，以落叶松为材料，打了两个出水口，用来装饮用水，一只巴力桶可装十到十五升的水。

　　半路会穿过一处陡峭的斜坡，要是滑倒会非常危险。前一天我从这里经过四趟,一点问题也没有。但那天早上,当我肩挑着空空的巴力桶从斜坡经过时,却走了霉运。

我一脚踩到埋在湿润草地下的树枝,人开始朝着三十米下方的小溪滑落。为了避免继续往下滑,我不由自主地松开巴力桶,试图将两手插在地上。当年的我和猫一样敏捷,才两三下功夫就刹住了。但那只巴力桶的圆桶状助长了其下滑的速度,桶一下子就冲进小溪,撞击到溪中的石头,顿时裂成碎片。

我及时看到了它在光滑的鹅卵石间解体的那一幕。用驮篮背着重物的牧人,偏偏在这个时候来到这里。当时我正站在小径下方十来米处,就是刹住脚步那里。看到他时,我真害怕会因为弄坏了巴力桶而挨揍。我以为他的反应会和我父亲一样——遇到同样的事,父亲一定会饱以老拳,恨不得把我给宰了。我吓哭了,央求他原谅,不住地解释我不是故意的,只因为我滑了一跤,请他不要处罚我。

但牧人是个好人、是个模范父亲。他爬下来,走到我身边,扶着我爬上小径。令我十分讶异的是,老先生非但没有痛揍我一顿,反而还以双臂拥着我,对我说:"你疯了啊?为巴力桶哭个什么劲儿啊?别担心,我们还可以做更多的巴力桶,想开点!我想你被吓坏了,我们一起回去,你好好休息吧,今天什么都不必做了。"

我大吃一惊,简直不敢相信这世上有这么慈祥的人。除了爷爷、奶奶和一位聋哑的姑姑,我很少遇到有同情心又善解人意的人。对老牧人这个举动,我永远心怀感激。如今他已离世很多年了,但每当我想起他来,依然十分怀念。

半夜枪响

猎人遇到的麻烦有几种：在崎岖难行的地段走丢了，或是在深谷中受了伤，要不然就是追杀羚羊时迷了路。这时，为了通告别人他的确切位置，通常会用猎枪发射几枪，当作信号，每枪相隔一定的时间，持续发射十五分钟。

我在布斯卡达山（il Monte Buscada）的大理石矿场干活时，11月初的某个中午，父亲和奥塔维奥（Ottavio）来我们的餐厅和我们一起用餐。他们想去加瓦那石屋（Casera Galvana）那一带，沿着孔特内日（Contenere）危险的陡坡猎羚羊。因为他们的路途还很遥远，所以只匆匆吃了几口，就从餐厅提了两瓶特大号的酒以及一升格拉巴烈酒，重新上路。

我在白日采了十五个小时的大理石，晚上吃过晚餐后倒头就睡。半夜两点左右，迫于生理上的需要，我走到户外。当我在篱笆外小解时，突然听到一记枪声，接着又以规律的间隔传来好几声。我知道那是从加瓦那石屋的峭壁传来的求救信号。我立刻想到父亲和奥塔维奥。啊，一定是其中一个人，甚至两个人同时出事了！我把卡布林（Caprin）叫醒，向他解释一番,然后和他一起穿好外出服,手持一支手电筒和充电电池,前去救援。寒风冷飕飕的,但我走得很快,一下子就暖和起来。

从宿舍到加瓦那石屋,得先朝着泽摩拉谷地的方向往下爬,接着再往上爬,我们在途中偶尔还会听到乓的一声枪响。"如果还能发射,表示至少还有一个人活着。"我心想。从布斯卡达到谷地有两千米的落差,这段山路走起来好不辛苦。离目的地越来越近,我也越来越不安。"到底发生了什么事呢?不知道他们现在怎么样呢?"

我们抵达瓦叶激流(il Torrente Vail)多卵石的河岸后,再爬上一段又长又陡的山路,朝着加瓦那石屋的方向前进。偶尔传来的枪声鞭策我加紧脚步。快速爬了两个半小时,来到山脊,小屋赫然映入眼帘。我关上手电筒,想听听看里面有什么动静。炉火摇曳的光芒从屋内的小窗往外泄。我加快步伐,喘得像只受惊的羚羊,终于来到小屋。我心惊胆战地推开大门,以便一瞧究竟。

看了一眼,我便明白是怎么回事了。

两个人都毫发未伤,只是喝得烂醉如泥,坐在壁炉边,嘴里叼着一根烟,嘟嘟囔囔地不知所云。我气得不得了,要他们解释。他们只顾着傻笑。奥塔维奥发了些牢骚,向我打了声招呼后,就走到外面,举起他的"超特快号列车"猎枪,对着月亮又鸣了两枪。两大瓶特大号的酒、一升的格拉巴烈酒都被喝得一滴不剩。父亲看到我很高兴,开始唱起歌来。我本想把他们掐死,却只能累得躺在他们身边,一躺就是两个小时,直到天亮,我才向他们告辞,动身前往布斯卡达山。采石场那边有十五个小时的苦工在等着我呢。

当我走出小屋时,耳中还传来两人咕咕哝哝、不知所云的话语。

孤独山居

好几年前，大约是 1991 年吧，我因为向往梭罗（Henry David Thoreau）的森林岁月，更因为与妻子吵了好几次架，整个 2 月，一个人搬到弗拉西尼谷地（Val dei Frassini）中人迹罕至的拉杰多石屋（Casera Laghetto）独居。我想一个人平平静静地与大自然接触，并好好思考。我装满一袋子的粮食和酒，到温馨的石屋住了下来。

第一天晚上我有些焦虑不安。罪恶感、悔意，在淡淡的哀愁的陪伴下，一起来叩我的心门。我点燃蜡烛后，光影在房间内的墙上舞动。那一整个月，每天晚上都有一只老鼠来啃食木头地板，顺便和我做伴。火炉还很好用。我将中央的铁环取下来，让火焰往外延伸，为我和那只老鼠取暖。白天我去散步，因为积雪不厚，路好走，总会走很长一段路。我随身携带雕刻的半圆凿，停下脚步时，就刻一些森林里的小精灵、小鬼怪，然后把它们挂在小屋的木墙上。

到了夜晚，在摇曳火光的照耀下，那些雕刻有了生命，开始沿着木板摇来晃去。一只山松雕成的老鹰好像在拍击翅膀，令我毛骨悚然。它的飞行路线一直延伸到壁炉里面。第一个礼拜，瞌睡虫老是不肯来向我报到。我的脑袋里面充满了焦躁的情绪，严重到一个地步，竟然会看到有别人在房间里面。为了驱散这令人不安的魅影，一到晚上我就走到外头大声吼叫，有如牧人呼唤动物的声音。

难过了四五天之后，我感到自己正在恢复人类与生俱来适应大自然的能力。日子开始迅速流逝，焦虑感不见了，夜晚我可以安稳入睡，甚至可以和挂在墙上的木头小精灵聊起天来。山上有时候会出现一些观光客向我问东问西的，礼拜天这种人最多。我不想回答，索性溜到拉斯特峰（La Cima Laste）的山顶。一些朋友关心我的健康，也会来探望我，但其实我的身体好得很。

朋友当中，有一位执业的女心理医生。我告诉她，我会跟森林中的精灵聊天。女医生听了睁大眼睛，想尽办法要将我的木头小精灵通通丢掉。唉，没有能力做梦的人，连别人做梦的权利也想阻挠。接着，她问了我一连串的问题，试图从我的童年找出逼我到山上小屋隐居的原因。她实在很烦，总想带我回山谷。于是，我彬彬有礼地告诉她，她说得有理，我的脑筋的确有问题，但我就是喜欢待在拉杰多石屋里，而且打算继续待下去，她能怎么样？最后，我客客气气地请她自己回山谷去，就这样把问题给摆平了。

独处那一个月，我得到一个宝贵的经验。我有幸能和生命的基本元素直接接触，就和羚羊一样地无拘无束。白天，我与大自然嬉戏；夜晚，我聆听栖息其间神秘万物的声音。在这一片安详静穆中,我深深领悟到伟大的造物者与我同在,那感觉比在教堂中所感受到的更强烈。

3月初,我心不甘情不愿地回家去。父亲的职责逼得我不得不回去。但我真想继续待在山上。那段时间雕刻的那些小精灵,后来完全失去踪影。过路人将它们带回自己的家,误以为这样就可以将森林中的精灵幽禁起来。但他们所收藏的,不过是一块没有灵魂的木头罢了。小精灵不会住在人类的家中,只有在森林内、岩石间、老木屋里、林中空间中,它们才能充满生命力。只有在那些地方,才有寻找它们的必要。

闪电超人梦

有时，我们会在报纸、电视上看到或听到这样的消息：在最最令人想不到的地方，突然打起雷来，把人给劈死了。雷公偏爱的目标包括公园、花园和房屋。在山顶上就更危险了。我在攀岩的时候，有好几次和闪电的噼啪声擦肩而过。我可以向你们保证，这绝不是什么好玩的经验。你会感到胃部发胀，好像有东西在里头爆炸似的，你的毛发竖立起来，登山的金属工具开始以女高音般的刺耳声铿铿锵锵唱起歌来，岩石发出噼里啪啦的火花。

小时候，每到夏天，我就和两个弟弟菲利切、里凯托（Richeto）到阿尔卑斯山上的牧场放牧。1962年，我们住在贝丁石屋，负责看顾四十头牛。有好心的过路人送我们一些报上的漫画，但能看的时间实在少之又少。我记得那些漫画包括"小淘气"和"大勇士"。其中有一则连载漫画，讲的是一名奇男子令人赞叹的伟业。他有一个我们觉得很棒的名字："晚辈"（Junior）[①]。这

[①] 暗示他是超人的晚辈或传人。

年轻人的打扮和超人完全一样，只是胸口上印的字母不是S，而是J①。他也拥有超凡的能力：会飞、刀枪不入，还拥有其他许多好运气。总之，和传奇人物克拉克·肯特②（Clark Kent）一模一样。

这则漫画说明"晚辈"之所以拥有那些超能力，是因为小时候在公园里被雷打到。我和弟弟读到这里，都乐得手舞足蹈起来。打雷和闪电变成我们的最爱，而且越多越好。

离贝丁石屋两百米，就在塔马利亚平原（Pian di Tamaria）上，夏天暴风雨期间，会打起可怕的霹雳。我们待在木屋内，可以看到闪电的刀锋迅疾冲向草地，如铲子般将草连根拔起。不管是什么，只要被雷打到，就变得像保丽龙③一样脆弱，瞬间粉碎。

我们这些小牧人简单的脑袋瓜内闪过一个好主意：让我们变得和"晚辈"一样的良机，不就近在眼前吗？

于是，当暴风雨再度来袭时，我们穿着防水布大衣，套上胶鞋，抱着被雷击中进而得到超能力的傻念头，火速跑向塔马利亚平原。我们已经开始幻想以后可以直接从松木林上空飞去牧场，再也不需要走得那么辛苦；以后为乳牛挤奶时，只要按一次乳房，牛奶就会源源不断地流下来。

幸亏上天有好几次保护了我们这几个天真无邪、可怜无

---

① "S"在超人的故乡克里普顿星球（Krypton）代表希望，"J"则是"晚辈"的英文"Junior"的第一个字母。
② 漫画史上第一位超级英雄超人在作品中的名字。
③ 指泡沫塑料。

知的小鬼。我们趁着几次暴风雨自愿跑去平原上送死，天意却不让我们遭到雷劈。老牧人很清楚我们这样跑出去很危险，天气不好的时候就禁止我们出门。但我们会偷溜，偏想要被雷劈到，好改变我们的人生。好心的牧人向我们解释说，那些漫画都是捏造出来的。还说几年前，在石屋上面不远的地方，一道闪电击中了八头牛，它们并没有因此而变得刀枪不入，反而都死了。我们这才乖乖听话，内心也平静了下来。

容我在此提出一个良心建议：负责传播媒体和说故事的人，请务必留意自己所散布的信息，尤其是在小孩和不懂事的人面前，要特别谨慎，以免酿成悲剧。

诚实的机器

在人生的旅途中，我们总会学到一些功课。有些功课使我们变得更好，有些功课使我们变得更糟。不管什么事物，人也好，动物也好，早晚都能教导我们一些功课。而比较难得的，是从机器身上学到一些东西。不过，这种事偶尔还是会发生的。

在这个荒谬的世界，人生的目标是金钱、性、功成名就，罐头金枪鱼要能用脆面包棒拨开，才算好吃[1]，而男子汉大丈夫只要用了某某牌子的香水，就不必开口[2]。就在这样的世界里，一架满是齿轮的机器教给我和两位朋友一个令我毕生难忘的功课，那就是"为他人着想"。慷慨大方的行径已渐渐从地球表面消失，在人类身上几乎已经完全找不到了。但也可能是转移给机器了。

7月的某一天，我和两位出色的漫画家朋友巴里松（Barison）

---

[1] 意大利某个牌子的金枪鱼罐头的电视广告，强调他们的金枪鱼十分柔嫩，可以轻易地用容易断裂的脆面包棒拨开。
[2] 意大利某个牌子的香水的电视广告，强调男人用了以后魅力倍增，女人会倒追，因此不必费劲对女人开口邀约。

以及托法内蒂（Toffanetti）一起到阿维亚诺（Aviano）一带，任务是拍一部电影。那部电影的导演不计任何代价，硬要拍摄我们的脸部特写。那天天气很热，收工后，我们坐在一家酒馆凉快的中庭休息，一名俏女郎为我们端上盛在马克杯内冰镇的气泡酒。在酒馆消磨了一段时间后，我们决定起身上路。看到天色已暗，我们才晓得在酒馆待太久了。开车的是巴里松还是托法内蒂，我已没有印象，只依稀记得车子是红色的。

仪表板上的汽油警告灯很快就亮了起来。我们的油已经用光了，但加油站早已关门。我们只好去找汽油自动贩卖机，只要将一万里拉或五万里拉塞进收银孔，就可以加油。我们塞进几张一万里拉的钞票，尽量把钞票弄得平整，免得在收银孔内卡住了。塞进好几张钞票后，巴里松一手抓起泵，插进油箱的洞口。汽油开始咕噜咕噜作响。加满油以后，巴里松再将泵放回原位。

就在这个时候，我们听到吱一声。回头一看，原来是贩卖机要找钱给我们呢。那台由螺丝钉和上彩的铁片拼成的机器，态度慎重又亲切，甚至有点害羞，而且十分慷慨大方。一张又一张钞票发出轻轻的沙沙声，慢条斯理地吐了出来。我对这台心地高尚的机器由衷敬佩。我们在惊讶之余，小心翼翼地将这些意外回到我们身边的钞票放入口袋内。离开前，我们谢谢这台贩卖机，向它表示我们的十二万分感激。

三人回到车上，关上车门时，托法内蒂喃喃地说："在今天这个时代，一说到钱，大概只剩这种机器才大方得起来。"

逞勇蠢事

我曾经当过好几年的樵夫，小小年纪就在爷爷菲利切的带领下进入这一行。将砍下的木柴搬到山谷有好几种方法。一捆捆的树干可用缆车载运，或是从吊索滑下来。吊索是由钢铁打造而成，可长达一千五百米，完全没有接缝，直径通常为九毫米，从山上经由十分陡峭的路段连到山谷。木柴就这样以令人眩晕的速度顺着吊索抵达山下。我们会在终点的柱子上放上好几个卡车轮胎，以减缓冲击力。

沿用至今的吊索已所剩不多。其中一个就位于我的家乡厄多（Erto）和奇莫拉伊斯（Cimolais）之间的圣奥斯瓦多关口（Passo Sant'Osvaldo）附近。每年秋天，我们从迪亚克谷地和奇欧沛谷地（Val di Cioppe）将上万公斤的木柴运输到谷地。樵夫之间流行着两项竞赛，比比看在等待木柴冲抵终点时，谁的表现最酷；比比看在木柴因撞击力而溃散前，谁最后溜跑。成捆的木头碰撞到柱子时，会像炸弹一样爆炸，一块块的树干往四面八方喷射。胆子大的人不会急着落跑，但人的自卫本能在这时候会对自己说:"快跑啦,白痴!"而谁最不为这句话所动,谁就是赢家。

不过,等候木柴抵达终点并不是一件容易的事,它们就像第二次世界大战期间德国的俯冲轰炸机,冲到底下时,嘶嘶作响,接近我们时,变得面目狰狞。想赢的话,就得冒险,不怕被木头打到,强撑到底。这是一场危险的游戏,只在年轻人之间流行,因为他们爱逞强。

老樵夫们对这场竞赛,则是尽量回避。有一天,被归为老人族已有一段时日的奥塔维奥,却意外地击败我们这些年轻小伙子。我这位朋友那天因为喝了一点酒,变得勇气十足。当木柴像迫击炮一样向我们逼近时,他一副毫不在乎的样子,稳稳地站在终点那根柱子的旁边,准备将它们搬走。我们当时都非常肯定,他一定会在最后关头逃之夭夭。但事实不然。他完全不怕,一动也不动地固守在那里。成束的木头与柱子在碰撞那一刹那爆开来,碎片四处飞散。那天算他走运,竟然连一片木头也没打到他身上。

奥塔维奥只赢这一次,就成了永远的赢家,因为一直没有什么人敢效法他的举动。只有我蠢蠢欲动,向巴西利(Basili)坦承我很想试试看,他劝我打消这个念头。第二天,我一心一意想赢,却按捺不住内心的恐惧,在最后关头落跑了三次。到了第四次,我闭上眼睛强撑下去。这次运载的木头数量较少,我才鼓起勇气。

可惜那天的我没有奥塔维奥的好运气。我被好几片木柴狠狠击中：其中一片打断我两根肋骨，另外几片打到脚，还有一片打中头。我头痛了两天，但至少已经和朋友打成平手。

今天的我再也不干这种蠢事了。

老爸戒酒记

好多年前的某一天,由于妈妈和弟弟里凯托苦口相劝,我们终于决定将爸爸带去一家戒酒中心。但是有一个曾经在那家中心戒过酒的老兄,喝了两年的矿泉水之后,酒瘾又犯了。他介绍我们去另一家为酗酒者开设的著名诊所。这家诊所位于一个怡人的小村落科多雷(Codore)内。

第二天,爸爸什么都没问,就上了车子后座,坐在妈妈旁边。我和弟弟坐在前座,由弟弟负责开车。我们在早上九点左右从厄多出发。途中我和弟弟东扯西扯,就是刻意不扯到这趟旅行的目的。爸爸偶尔会问我们要去哪里,"啊,只是随便走走啦!"弟弟边回答,边暗自窃笑。

过了隆加罗内(Longarone)后,出现了一些山脉。爸爸注意到了,往窗外凝视。

"这是什么山?"他问。

"咦,你不认得了啊?"我反问他,"你在这些山上走来走去,走了快80年了呢。"

"不认得了,"他正经地回答,"记不起来了。"

我于是向他解释那是我们两人的山，有好几年的时间，我们在那上面打猎，这是帕拉扎山（la Palazza）、布斯卡达山，那是奇塔山（la Citta）、伯加山（il Monte Borgà）、杜兰诺山……穿过高速公路时，可看到山的北侧。这时候，爸爸好像想起自己花了一辈子的时间，在那些崎岖难行而荒芜的山上猎过羚羊，于是说："没错，没错，现在想起一些事情了……"

半路上，我们终于向他解释这趟旅行的目的。他头也不抬，只是低声咕哝着："我待在家里也好好的呀，我给你们惹了什么麻烦吗？再说，为什么只有我一个人接受治疗？要么，四个人通通一起来才对。"我觉得他说得有理。

我们在途经的两家酒馆稍事休息，然后来到酗酒者诊所。医生很年轻，在我看来，有点神经质（说得不好听，就是没教养）。握手寒暄一番之后，他用一大堆问题向我们轰炸，强调是为了了解我们喝酒的习惯，以及我们祖宗八代的健康情况。说到疾病是没有，但一说到喝酒，我和弟弟老实地回答："科罗纳和梅宁家族出了一大堆酒鬼！"

"你们这么认为，是吗？"这位心理医生露出满意的神情，冷笑起来。

最后，他问我们家族中有没有人得过性病。就在这个时候，原来紧闭着嘴巴的爸爸，不满地答道："性病？没有。"说完后，因为他想抽烟，就静静地走出诊疗室，坐在中庭的椅子上抽了起来。我可以从窗户瞥见他的身影。他看起来很难过，长长的胡须，使他更显苍老。他一边抽烟，一边遥望着远山。

就在同一个时间，兼任调查员的医生断言我们厄多人全都是酒鬼，弟弟差点揍他一拳。我比较冷静，只是借用拿破仑（Napoléon）的姓，回他一句："说'全部都是'不敢，但如果说到'伯那巴特'，那就对了。"①

我已经受够了这个没教养的家伙，便跨出诊疗室，坐在爸爸的旁边。他一直凝望着远山，递了一支烟给我，喃喃地说："你最了解我了，可别把我丢在这儿。"

我集合了全家人，向趾高气扬的医科毕业生告辞之后，就离开了，然后去光顾村子内一家很棒的酒馆，它就位于一座美丽的湖畔。我们把好几瓶酒喝得精光。全家人好久没有这样一起畅饮了。我看到爸爸泪汪汪的眼中，有什么东西在闪闪发光，想必那是快乐的光芒。

我们在黄昏时分唱着歌回家。

---

① 作者在此再度发挥他爱说笑的本领，拿破仑的姓 Bonaparte（伯那巴特）与意大利文的 buona parte 谐音，后者意为"大部分"。

艺术家醉酒记

有一天,好友克劳迪奥(Claudio)对我说:"艺术拯救不了人生。"

的确,艺术什么也拯救不了。艺术家更别天真地以为,借着艺术可以窥探到他人的感情世界。艺术家也不能从艺术中得到什么特权,以解决人生的困境,尤其是财务上的困难——他们往往是因为自己的才华,被逼进这些困境的。

在米开朗琪罗(Michelangelo)、达·芬奇(Leonardo da Vinci)、多纳泰罗(Donatello)的时代,不乏热心赞助艺术的人士。当时的艺术家因为手巧、会做点东西,而得到一些好处。有才气的人,就算不是顶尖人才,到了酒馆也会备受礼遇,讨一杯酒喝,从来不会遭到拒绝。但当今的世代对艺术家兴趣缺乏。你要是在一间酒吧内画了一张速写,想借此赚来一杯,人家才不甩你呢——这还算是好一点的反应。

我曾经在好几年前到特雷维索(Treviso)一趟,同行的有木雕家、同时也是酒馆经理兼美酒调酒师的好友里诺·贝兹(Rino Bez)。此行的目的是和一位艺廊老板洽谈在一个群展展出我们两人的木雕一事。为了壮胆，与艺廊老板碰面前，我们挽着手在酒吧内外走进走出，还抱着一本档案夹，里头装满了我们的作品照。但是，那个有钱的家伙并没有依约前来。我们手边没有手机——这玩意儿当时还没有问世——有的只是对他的信任。我们就凭着"不等白不等"的一股傻劲，痴痴地在酒吧内枯等，巴望他现身，同时连续好几杯下肚，好安抚我们的情绪。

时间一分一秒过去，我们的耻辱感越来越沉重，终于到了无以复加的地步。为了减轻我们的耻辱感，里诺开始向我描述凡·高（Vicent Van Gogh）、莫迪利亚尼（Amedeo Modigliani）、塞尚（Paul Cézanne），还有其他数不尽的艺术家坎坷的遭遇。这些在当今享有不朽声名的艺术巨擘，在世的时候受尽艺廊老板和艺术商人百般的羞辱和压榨。

我当时感到痛苦万分，什么都不在乎了。见不到艺廊老板，令我深受折磨。我决定豁出去了，即刻在特雷维索的加利巴蒂酒吧现场展现我的才华。里诺不但赞成，而且还凑一脚。我们以酒为颜料，用一支奇异笔勾勒轮廓，开始到处乱画。餐巾、墙壁、桌子、杯子……凡是你想得到的东西，通通变成我们的即兴画布。当我们准备再点一杯红葡萄酒"颜料"时，吧台后面的女郎却不见人影。

"她大概是被伟大的艺术感动得躲起来哭了！"里诺说。

才不是呢！她当时正在打电话报警。不久，来了三辆警车。那些警察一点也不拐弯抹角，马上要我们出示证件。我们才不屑乖乖听话，只以高傲的语气答称我们是艺术家，直以为这样就可以把事情摆平了。没想到根本摆不平。警察们粗鲁地将我们推进警车，送到警局。我们在警局按了指纹，拍了正面照和侧面照之后，被送进一个小房间过夜。好不容易挨到天亮，酒也醒了，警察和艺术家这时都比较放松了。两位警察亲切地开车送我们回家，只是下车前，下令我们要直接进屋，不准在外逗留。

10年后，同样在特雷维索，我在享有盛名的卡拉雷西艺廊（Casa dei Carraresi）举行个展，展出七十一件木雕作品。开幕酒会上，一位教士好像在赞美一头笨驴似的对我赞不绝口时，我不禁回想起当年那桩悲喜剧。当年的伤害终于在此刻得到补偿。

滑雪比赛

我小时候就知道贫富之间的差异。在那个年头，富人和穷人是很容易分辨的。我们这个年头难一点，因为除非是陷于赤贫，没钱的也会佯装成有钱的样子。以前的我，就属于前者。

1961年1月的某个星期天，我和同年的友人福斯托（Fausto）一同前往拉瓦斯克雷多（Lavascletto）参加大型障碍滑雪比赛。友人原是滑雪高手，后来成为出色的滑雪老师。正是他怂恿我去参加比赛的。

我们开着他叔叔的老爷车，从厄多出发。当时正下着大雪，天还没亮，刺骨的寒风几乎将耳朵冻僵。半路上，驾驶座前方的雨刷开始作怪，只在左半边徘徊，不肯回到右半边。于是我们用一条绳子绑着雨刷，再将绳子从车窗穿进来（车窗始终是开着的），一直延伸到我的座位。每当雨刷刷完左半边，我就拉一下绳子，将它拉到玻璃的右半边，再突然松开绳子，它借着仅剩的一点力量，会自行回到另一头，顺道将落雪刷干净。我就这样一拉一放，直到抵达弗留利（Friuli）著名的滑雪胜地拉瓦斯克雷多。

尽管出了这个问题，我们还是及时抵达比赛场地。雪变小了，开始起风。我有一副兰博基尼牌（Lamborghini）的滑雪板，靴子的固定器没有安全装置，身上穿着一件黑色毛衣，脚上套着一条老爸给我的20世纪50年代的滑雪裤。相反地，福斯托却是一身前卫的打扮。我没记错的话，他得了第四名，显然知道怎样穿着，很占优势。

好几个参赛者滑完全程，终于轮到我了。我穿得很单薄，感到一股寒意从脚下沿着背脊往上蹿，直达颈部。为了取暖，我灌下两杯格拉巴烈酒。等一切就绪，我终于出发。滑了仿佛有一个世纪那么久的时间，才看到终点。在滑到倒数第二道旗门时，我的两脚已经冻得失去知觉，我重重地跌了一大跤。

滑雪板当然不会自己解开来。我就这样被困在地上，再也站不起来。有人向我伸出援手，我才重新上路。穿过终点时，我注意到观众当中有三个和我年纪差不多的年轻人，穿着最时髦、色彩鲜艳的服装，最新款的靴子，皮肤刻意晒成古铜色，长得很帅。他们以轻蔑的眼光看着我的笨拙相，一副很开心的样子。我真想冲到那三个公子哥儿身旁，狠狠赏他们几个耳光。但他们长得实在太好看了，令人舍不得让他们破相，也可能是他们人多势众，让我不敢下手。

我真想立刻掉头就走，但福斯托想领完奖才离开。

典礼进行当中，我再度看到那几个很跩的男生。他们分别得到冠、亚、季军，一个接着一个，通通登上颁奖台。在高高的台上，他们拍着彼此的肩膀，穿着多彩服装的肢体扭来扭去，露齿微笑，洁白的牙齿在古铜色皮肤的衬托下显得更加光亮，赢得众多女性的欢心。他们的父母亲和朋友在台下庆贺，高兴得不得了。典礼结束后，三人抱着奖杯、奖章、滑雪板走进停在不远处一辆豪华的奔驰轿车内。我还记得汽车牌照上写着"的里雅斯特"（Trieste）。

那一天，我生平第一次因为贫富的悬殊感到嫉妒与愤怒。同时想不通：为什么很多富人对穷人漠不关心，毫无同情心呢？

拖到了下午，我和福斯托终于爬进老爷车内，动身回家。这时，雪已经停了，因此再也不必拉着绑雨刷的绳子。这是那一整天唯一的好事。

打水漂

大约是1961年或1962年吧。整座八公里长的山谷几乎被水坝的水淹没,而瓦琼激流也已多时不吟唱了。那段时间,厄多突然兴起一阵钓鱼热潮,跟进的人不在少数。一些著名的猎人,例如布蒂(Buti)、我父亲、塞伯(Sepp)等人,试过各式各样的鱼饵,希冀能从大湖的幽暗深处钓出几条鳟鱼。

盗猎者切利奥(Celio)也上了钩,迷上此道。倒不是因为他上了年纪后,才自觉有当渔夫的天分,只因为和塞伯一样,常年饮酒致使他的双腿软弱无力,上山猎羚羊越发吃力,宁可蹲在湖边。也可能是因为当时的他对打猎已有悔意吧——后来甚至因而精神错乱,幻想要在比安卡瓦罗(Piancavallo)开设一家兽医院,专治受伤的羚羊。

夏季的某一天,切利奥到家里约我和他一起去钓瓦琼水坝里头的鱼。我欣然接受他的邀约,因为跟他去,不像跟父亲去钓鳟鱼那么辛苦,得捧着还在活蹦乱跳的鳟鱼跑回家。切利奥每到晚上就喝很多酒,第二天早上总是很渴。那一天,钓了约一个小时后,他拜托我回村子,帮他买一大瓶啤酒来。

"做梦也别想,"我顶他一句,"想喝就自个儿去买。"我从来不敢跟父亲唱反调,跟他就没有这个顾忌了。

切利奥听了露出苦笑,回答说:"你说得有理,我得自己去买。"

过了几分钟,还在等鱼儿上钩时,我的老朋友弯下身,从地上捡起一块薄薄的沙丹石(一种绿色的石头,专用来磨利工具),望着我,说道:"我们来打赌吧,看看我有没有办法让这块石头浮在水面上。"

"让石头浮在水面上?这是不可能的,"我回答,"除非将它放在木头或其他什么东西上。"

"不,"切利奥说,"我直接将它扔进水里,让它浮起来。"

我从他手中接过那块沙丹石,搁在水中,问他:"像这样?"

"差不多就像这样。"切利奥回我话的同时,石头直往下沉。

等石头沉到水底的水草之间,切利奥卷起一只袖子,将手伸进水里,捡起石头,对我说:"我们就这么说定吧:我要是不作弊,也不将石头放在别的东西上,而可以让它浮起来,你就去厄多,替我买瓶啤酒。如果浮不起来,等我们回家时,我到奥拉其(Orazio)开的冰激凌店买冰激凌请你。"

我非常确定石头会往下沉,于是信心满满地接受他的挑战。他握了我的手,表示一言为定之后,轻声说道:"现在好好注意喽!"一说完,将石头捏在右手的大拇指和食指之间,身体往后仰,再以快速而猛烈的动作,将石头抛到水面,同时吆喝着："嘿咻，嘿咻……"

石头顿时像陀螺般绕着自身旋转，短促而剧烈地沿着水面跳动，直到湖的中央。完成这趟旅程之后，它开始往湖心下沉。

"看到了吧？"切利奥笑着说，"浮起来了没有？"

"浮起来了！浮起来了！"

"好，那你现在赶快跑去给我买瓶啤酒来。以后要学精明一点。"

我咬着手指，今天总算见识到这个把戏了。没用多长时间，我就拿着啤酒跑回来了。我俩返回村子途中，切利奥还是进到奥拉其的冰激凌店，买了一盒二十里拉的冰激凌请我吃。

捕鳟奇招

我小时候曾经和切利奥一起去捕过好几次的鳟鱼，只是次数比跟他一起去打猎少得多。他常请父亲将我"借给他"（套用他自己的话），当他的卫兵，或是替他跑腿。我身手敏捷又沉默寡言，正好符合他的需要。

夏季的某一天，曙色还没染上努多山（Col Nudo）东边的山脊，他就到家里来接我了。和父亲啜饮白兰地时，他说要带我到瓦琼激流捕鳟鱼。"你只要带一只驮篮就好了。"切利奥转过身来，悄悄地对我说，显得神秘兮兮的。

我们动身出发，才一走出大门口，我就发现这位大朋友一支钓鱼竿也没带，于是开口提醒他。"小朋友，"他带着一贯既甜美又哀伤的微笑回答，"安静一点，学着去信任年纪比你大的人。别再发问了，去拿驮篮吧，我们会用得上的。"

我想不通在水花四溅的激流里，驮篮有什么用处，也想不通不用钓竿怎么钓鱼，但不再表示异议，只是照他的话到马槽拿一只驮篮，背在背上，然后和他一起上路。他一肩扛着一只粮袋，袋子的一侧露出一大瓶红酒。

我们小心翼翼地下了毕而娄（Biòlo）峭壁，通过巴司兰辛（Baslanthìn）的岔路，再循着急湍的水道往上爬。越过老磨坊巨大的石轮，便到了目的地。我们准备从深绿的深潭捕鱼。动手以前，切利奥先向我说明。

"看好，小朋友，"他先灌了一大口酒，才开口说话，"鳟鱼在水里游的时候，会弯来弯去的，就和鹀鸪在天上飞的时候，会迂回曲折一样。我曾经带着猎犬猎过几次鹀鸪，结果几乎什么也没猎到。我往东开枪，它已经飞到西，我算准它就要飞到西，往西开枪，它偏偏停留在东。鳟鱼也会这样。你在哪里下鱼饵，它偏偏就不游到哪里。"

他又灌了几口酒，接着说："小朋友，现在，我就让你瞧瞧要怎么应付鳟鱼。"他把手伸进粮袋搜索了一阵子，掏出一些我非常熟悉的东西：导火线、雷管、集束炸药、红色炸药。我父亲当年就是用这些材料，将树木埋在地底下的残株炸出地面，用来当作木柴的；好几年后，我在布斯卡达山的采石场，也利用同样的材料开采大理石。切利奥将一捆集束炸药剥成好几小块，塞进雷管内，雷管内牵有一条在水里可以照样燃烧的导火线。

完成这个步骤后，他说："水道如果不大，放一个雷管就够了。"他用打火机点燃导火线，将这枚小小的炸弹丢进其中一处深潭内，然后用一只手抓着我，将我拖到附近一块岩石的后面躲避。过了约莫一分钟，潭中发出一声微弱的爆炸声，好像憋住的咳嗽声。

切利奥对我说："现在过去看看吧。"

仍翻腾不已的潭水，这时浮上五六条黄斑鳟鱼。"看到了没？捕鳟鱼要像我这样。千万别站着不动，钓好几个小时，最后只捕到一条，甚至连一条也没有。"

"可是，湖里的鱼你是用钓鱼竿钓的啊。"我回答，向他挑衅。

"湖里的鱼不能用炸药炸，是因为大家都看得到，也听得到。警察伯伯在附近设了一个营房，监视湖边的动静。小朋友，学聪明一点！"

我们一共炸了十来处深潭。回家的路上，驮篮因为装满了鳟鱼，就改由切利奥提。当我们再次攀登毕而娄峭壁时，他感到非常吃力，因为每次爆破完，他都会猛灌好几口酒。每隔一百米，他就停下脚步，气喘吁吁地说："唉，老了，小朋友，我老了呀。"

热腾腾的浓汤

豪雨连连,愤怒地击打落叶松的嫩枝新芽,似乎想将它们挫伤折断,使它们无法展开双臂,迎接即将到来的春天。我们沿着瓦琼激流多卵石的河岸一步步前进,身上虽然披着防水布斗篷,却起不了什么作用。那场倾盆大雨就好像魔鬼故意打翻天上的水桶,让我们前进不了似的。激流的水位急遽高涨。

"我们得走快一点,"托诺(Tono)戴着帽子,对我们吼道,"瓦琼激流再涨高一点,我们就到不了卡尼雅木屋(la baita Carnìar)了。"

那斗篷是矿工专用的,只遮得了上半身,遮不了下半身。我们穿过湿淋淋的草地,两脚直到膝盖都浸在水里。我们将双管枪藏在斗篷下,枪可不能淋湿了,子弹则用布包好,放在背包内。

那是4月底的一个下午。我们一行四个人——切利奥、托诺、爸爸,还有我——在飓风的吹袭下,穿过瓦琼谷地,巴望能早点抵达一心向往的卡尼雅木屋。这趟行程的目标是狩猎弗鲁尼亚山(Monte Frugna)的黑琴鸡。我们计划在外面逗留一个礼拜,所以长辈们选择卡尼雅木屋当基地。从那里到弗鲁尼亚山上的林中空地,路程并不远。那年我十岁,卡尼雅木屋当时的状况还很不错,在里头过夜挺舒服的。在小孩子的心目中,这是个谜一样的地方,也是个探险的好去处。我甚至觉得这里比我们家还温馨。四周那片林中空地,让我们有被保护、被爱的感觉,那是一种其他任何地方都无法给我的感觉。我们在大雨中走了将近三个小时,在下午五点钟抵达木屋。

老爸一进屋内,就生起壁炉内的火,好将衣物烘干。我们将湿透的衣服放在火苗附近,换上收在背包内的干衣服。切利奥把搁在床上的矮松树枝移走,整理床铺。我很累,但觉得很自在,找了一个离炉火最近的床位躺下来,静静地倾听雨水拍打屋顶的敲击声,以及瓦琼激流还没作怪前的冲刷声。长辈们也倒在床上,然后和往常一样,说起女人的坏话,同时一根烟接着一根烟,抽个不停。

傍晚时分,天气好转。5月即将到来,一只布谷鸟已经预感到即将放晴,轻快地在木屋上面唱起歌来。天黑以后,托诺决定煮一锅浓汤。

"现在最需要的,就是一碗热腾腾的汤。"他从背包里拿出所有用品与材料,开始忙将起来。

"你去端一锅水来。"他转身支使我。

我拿着一支手电筒离去,没过几分钟就回来了。雨已经停了。爸爸将水倒进一个大锅子,将锅子悬挂在炉火上方的铁链上,然后将一把盐丢进锅子里。

两支蜡烛微弱地照着室内,熹微的光线使这里显得奇异而神秘。山上的木屋每到夜晚总会浮现这样的气氛，而在瓦琼谷地一带，愈加明显。炉火上方的架子上有一堆干木柴，已经在那儿放了1年了。为了早点把汤煮好，托诺加放一些木柴到炉火里当燃料，火苗顿时炽烈起来，浓汤开始发出咕噜咕噜声。浓汤的材料有：水、鸡精块、碎面条。用来配汤的面包已经摆在角落一张简陋的桌子上。

三位长辈许是饿了，争相品尝浓汤，你一口、我一口，看看是不是煮好了。他们在勺子上吹了两口气，然后呼噜一声就一口喝光。每吃完一口，都说面还没熟，硬硬的，咬起来还咔啦咔啦的。尝了好几口后，三个人一致认为碎面条已经熟透了，但不知道还有什么东西在他们齿间咯吱作响。

于是托诺将蜡烛移到锅子旁边，仔细一瞧，差点吐出来！只见浓汤上面浮着二十来只椭圆形、指甲般大小、长了好多脚的昆虫。这种昆虫有着坚硬扁平的躯壳，深蓝色，生长在不见光的木板下方，或是远离光线的石头、纸板等东西下方。我们这里的人管它们叫板热虫（Panére），通俗一点的名称是"小猪"。原来托诺将木柴从架子上移下来的时候，那些不受欢迎的客人趁机掉进锅子里。爸爸和托诺开始咒骂起来，将恶心的虫子吐在地上。切利奥却仍然十分镇定，继续坐着不动。当他发现另外两个伙伴准备将浓汤倒在斜坡上时，才冷不防地站了起来。

"你们疯了哟，"他叫了起来，"把锅子给我摆在这里。"

说完这话，他交给我一支蜡烛，要我把锅子照亮，然后拿了一只碗，慢慢地将浮在上面的板热虫捞起来。全部捞完以后,他盛了满满的一碗,津津有味地吃了起来。我看着他,下不了决定。

他懂了,推我一把。"小鬼,吃啦,"他一脸认真相,"别傻了,有两个傻瓜已经够了。"

我于是鼓起勇气,开始就着面包,狼吞虎咽地吃起以烫过的昆虫当佐料的浓汤。嗯,还真好吃呢。头几口是有点难以下咽,但接下来就不把板热虫放在心上了,一点也没有想到它的存在。切利奥吃完了一大碗,又添了两次。吃完他满足地打了个响嗝,开始抽起烟来。托诺和爸爸在一旁看得一愣一愣的。

"你们好恶心。"爸爸不满地说。

切利奥笑着回答:"是真的好吃,明天晚上煮浓汤的时候,我还要加一把板热虫。"

重新响起的钟声

停摆了40年之后，我再度听到家里那座老钟的响声。

某个夏天的夜晚，老爸醉醺醺地回到家，使劲地帮老钟上发条，把齿轮弄坏了。老钟受了致命的伤害，从此再也发不出声音来。

那个年头，我们家手头很紧，花不起钱请人修理，更甭提再买一座类似的钟了。这座钟是爷爷从他姐姐玛利亚（Maria）那边拿来的。玛利亚绰号"乌溜溜"（La Neigra），因为过了八十岁还是一头乌黑的秀发。在特伦托（Trento）贩卖羽毛的曾祖父过世后，姐弟俩继承父亲的财产，爷爷分到那座钟和其他东西。经过漫长的岁月，那座钟一直悬挂在壁炉附近的墙上，为时间年复一年不断前进的步伐加注标点。每过一小时，它就敲几下，好似要提醒我们光阴易逝，千万要好好珍惜。

老钟弄坏之后，爷爷将它移到小餐厅的一角，和一些没有用的杂物放在一块儿，例如损坏的镰刀、破烂的勺子、裂掉的盆子，其中还夹杂着一枚银质奖章，是用来表扬在小帕勒

（Pal Piccolo）殉难的叔公。

这40年来，老钟在厄多的老家沉睡，毫不喘息，也不发出一点声响。我回老家探望老爸时，偶尔会瞧它一眼。它无言地躺在那里，身上覆盖着这些年来累积的灰尘。尽管它不再为光阴计时，光阴照样无情地往前飞逝，那层厚厚的灰尘勾起一股浓浓的怀旧之情。一动也不动的指针将我带回童年时光——记得当时的我，只要稍微激动，心脏就会和那指针一样，扑通扑通地跳动。

有一天，我在一本选集中写了老钟被谋杀的故事。那本书出版后，我再度领教了书写文字无远弗届的影响力。命运多舛却不屈服的好友詹尼·西苗纳托（Gianni Simionato）读了这本书。有一天，他来找我。除非有事情走不开，否则他每个星期天都会来。

"你书上写的那座钟，现在还在吗？"他问我。

"还在。"

"可不可以让我看一下？"

"当然可以。我这就去拿。"我回老家将老钟找出来，交给他。虽然经历多次的迁徙，老钟的玻璃门依然完好无损，真是奇迹。透过这扇门，可看到在那个遥远的夜晚因父亲的暴力和酒精的作用而使齿轮松开的小轮子在跳动着。詹尼一言不发，就将它带走。

约两个月后，这位朋友回到我这里，手上提着一个包裹。他打开包装，层层的绷带如缠裹着木乃伊般，完全解开后，露出我的老钟。既光亮，又优美，好像一个双十年华、干干净净，又羞答答的小女生。

詹尼重组了老钟的机械零件，上了润滑油，调准时间，将它修好了。现在，它恢复正常运转，如往昔一样活泼地跳动，而且一样准时。

再度听到它那小小心脏的跳动、听着那陪我度过童年的古老声音，我哽咽了，眼泪差点就掉下来。我紧抱着它，而它呢，就有如一位失而复得的女友，尽量在我眼前摆出最美好的一面，好像完全不记得自己曾死去一段很长的时间，对已消逝而未被计量过的光阴毫不惋惜。过了40年，好像什么也没发生似的，不过是再度重生罢了，但这就够了。

钟摆一如旧日，以优雅的姿态摆动着，甚至一点儿也没有变老。我却老了。过去那段时光，除了回忆，什么也没留给我。被老钟失而复得的声儿勾起的往事，多了一份痛苦。但回忆，终究还是甜蜜的。

老爸的玩笑

好几年前,老爸跟我开了一个玩笑。我事后回想起来,发现那玩笑设计之巧妙,连最滑头的骗子都会上当。

那时候我自己一个人住。房子虽小,也挺寒酸的,但既温馨又舒适。11月初的某个下午,老爸来敲我小窝的门。我请他进来,倒了两杯红酒。

"我有话要告诉你,"他开门见山,干脆得很。一脸的倦容,看得出刚忙完一件苦差事,而且绝不轻松。他一下子就把酒喝光,叹了一口气,然后扑通一声倒在凳子上,两手垂在身体的两侧,好像死了一般。嘿,老爸当年要是改行当演员,今天的我就不愁吃不愁穿了。

"哦,累死喽,"从他嘴里含糊不清地吐出这几个字,"我这辈子还没这么累过。"我原先猜想他大概是去砍柴,继而一想,不太可能吧,因为他只会差遣我和弟弟去砍柴。我等他解释。"我在且特内日(Centenere)山顶上杀了一头公羚羊,"他喘了一大口气,等呼吸恢复正常后,才继续说,"是只很肥的公羊,起码有四十公斤吧。我将它背到下面的泽摩拉谷地后，就再也走不动了。长时间没吃没喝的，我的体力已经完全透支了，只好将它藏在曼德里斯平原（Pian del Mandriz）。你要是肯帮我一个忙，去那里把它拖回来，我会感激不尽的。当然喽，羊肉就一人一半，不过那一对角我要独占。"

虽然我们父子俩经常发生激烈的冲突，我对他还是很有感情的。所以，那一天我决定分担他的重担，省得他跑一趟。他向我说明掩藏羚羊的确切地点。我又灌了他两杯酒，才向他道别，前往泽摩拉谷地。

到了曼德里斯平原后，我照老爸的指示，朝着落叶松的方向走去，一下子就找到了羚羊，上面覆盖着树枝。正想将它扛在肩上，却发现那一对角，说是公羚羊的嘛，稍微窄了点。我起了疑窦，于是往它的四腿之间瞧。原来老爸清除它的内脏以后，还想用刀子切除它身上的所有雌性特征。不过，或许是太过匆忙，并没有切除干净，还是看得出来是头母羚羊。

令我气愤的，还不只是这个发现而已。我注意到通往山上的草地上有一道宽宽的拖痕，而且染有血迹。我循着这道痕迹往上爬，爬了约百来米之后，发现那头羚羊的内脏被丢弃在路旁的一个坑洞内。啊！我明白了——

那个老奸巨猾是在曼德里斯平原上猎杀了一头母羚羊，才不是他告诉我的，在离这里七小时路程的且特内日山顶上。因为他怕被猎场看守人发现，于是就近掩埋起来。然后，骗我说自己累得要死，再利用我的孝心，派我去远征。

我将猎物背回家里时，天都黑了。

第二天，我见到老爸，劈头就说："是头母的！而且你是在曼德里斯平原猎到的,才不是且特内日呢。"

"我知道。"

"你知道?那为什么要让我冒着被捕的危险,去背它回来呢?"

"因为你去盗猎时,还没被逮捕过,"说到这里,他冷笑了一下,"但我已经落网过三次了。"

"那又怎样呢?老实对我说不就得了?我照样会帮你的。"

"我太了解你了。老实对你说,就说不动你了。"

"你太不诚实了,每次都这样。"

"如果老实会带给我好处,我就会老实,"他不满地回我,"人只要一半老实就好了。太过老实,就会变成傻瓜。与其我被捕,还不如你被捕,后果不会很严重。"

他扯开嗓门表明他的伦理观。吼完了,狠狠地甩了门,大步走出去,留下我一个人愣在那里。

圣诞忆往

爷爷菲利切·科罗纳生于1879年，蓄有一把奥匈帝国皇帝弗朗茨·约瑟夫一世（Franz Joseph I.）式的胡子，身高一米九，酒量很大，烟也抽得很凶。每当圣诞节即将来临，他就费心地张罗，凡是能使佳节倍增光彩的东西，一应俱全。

猪皮和猪骨悬在壁炉遮檐的下方，熏到恰到好处，用来熬圣诞夜的蔬菜浓汤。为小耶稣像取暖的那块圆木[1]已经在屋顶下搁了好几个月了。爷爷早在夏天就去挑选合适的树木，通常选用鹅耳枥，将选中的木块从土里拔出来，这样才有足够的时间风干。

用来生炉火的木柴则立刻派得上用场，一捆捆沿着旧厨房里头的墙壁工整地排列好。整个冬季长达八个月，需要上万公斤的木柴才足以御寒。爷爷的床下摆满了各种农、林产品，比如胡桃、花生、槲梓、酸葡萄等等，准备用来挂在圣诞树上。酸葡萄是黑葡萄，只生长在高山上，颗粒小小的，和蓝

---

[1] 圣诞节所制作的耶稣在马槽诞生的群像，为了逼真，加放了为小耶稣取暖的木柴。

莓差不多，味道酸得不得了。用它来酿葡萄酒不是好主意，不过，还是有人偏要这么做，切利奥就是其中一个，而且还敢喝呢。但一喝，嘴巴立刻歪成一团，因为实在太酸了。

所有这些好东西会和马铃薯（有时候还加上一些饼干）一起挂在圣诞树上。另外，还有一个小耶稣在马槽诞生的群像，那是爷爷沿街叫卖途中，在加迪纳谷地（Val Gardena）买的。上头有七八个最具代表性的雕像：圣母马利亚、小耶稣、约瑟、一个牧羊人和几头羊。我已经很久没看到这组群像的踪影，不知道被丢到哪儿去了。

挑选圣诞树是桩大事。爷爷非常注意砍树的时辰，会根据月亮的盈亏，等待某个特定的日子，这样砍下来的圣诞树可撑上四五年，甚至更久。如果砍树的时辰选对了，那么树的颜色、香气、针叶片也可能保存20年以上。过了好几年，就算用力摇晃，一片叶子也不会掉下来。

山上的冬天来得早，才11月初，大自然和众人就因逼人的寒气变得沉默。圣诞节几乎总会下雪。静悄悄落下来的大雪，将整个村落掩埋起来。我们这几个小孩子兴奋得不得了，一言不发地在窗前凝望着缓缓飘下的雪花，脑海中浮过一幕幕我们对远去的夏日的回忆。

望子夜弥撒以前，我们会在村里四处走走。路上积雪，走起路来一点声音也没有。圣诞节一过，圣诞树就被移到阁楼了，藏匿在冬天的阴影中，等第二年的圣诞节再搬出来。

若想延长圣诞树的寿命，就必须选在11月新月那一天砍树。如果大家都遵守这个简单的原则，每年圣诞节就不会牺牲掉成千上万的松树和枞木了。不过，最理想的还是用一株小小的塑料树来取代。每一棵假树，都意味着有一棵真树免于死亡的厄运。树木制造我们赖以为生的氧气，使空气清新。光是这个理由，我们就应该好好爱惜它们、保护它们。

科罗纳桥惊魂

马可国王（il Re Marco）从泽摩拉谷的科罗纳桥掉到悬崖下摔死好几个世纪后，我们这里开始盛行一则"白与黑"的传说，那是因为好几个樵夫也从这个紧临峭壁的小径坠落谷地而送命。没有人目击过这些意外，因为总是在夜间发生，而且根据死者亲属的说法，他们是独自行经这里。

村子里开始流传着一则令人不安的说辞。人们相信在半夜经过科罗纳桥，等于是去送死。谁敢在三更半夜到这个地方来，就有撞见"大影子"的危险。这是一个模糊不清、像人一样的影子，可能是白色的，也可能是黑色的。如果过路人遇到的是白影子，就会平安无事。这个苍白的形体是好鬼，会保护过路人。但如果碰到黑影子，就完了。这个坏鬼用力吹一口气，倒霉的过路人就会掉进悬崖。经过好几天的搜寻，才在瀑布边或激流的河岸找到他们的尸体。

奶奶警告我说，只有当黎明来到、第一声颂念圣母马利亚的祈祷文传来，危机才会解除。我对这则传说存疑，比较可能的是当事人失足酿成意外吧。

根据传说，黑影子是马可国王的亡灵，不知是什么原因，他专找厄多人报复。而白影子则是他的妻子克劳迪娅王后（la Regina Claudia）的亡灵，她总想解救不幸的过路人。坚称曾遇到白影子的人，如此形容当时的情形："双手摆出一些手势，好像在叫我快溜，趁还来得及，赶紧回家去吧。"碰到黑影子的人，却再也没机会张口说话了。

我曾在黑夜胆战心惊地走过这座要命的桥，次数还真不少呢！我有不得不去的理由。父亲说什么也不肯让步——我得独自走上那座桥，他就是要看我有没有胆量。要是没有，我就得训练自己。每次都这样，尤其是我们一起去打猎的时候。他不信邪，早就晓得那些影子是不存在的。我却信得很。长大以后，我才明白那些故事是村里一些迷信鬼神、头脑简单的人想象捏造出来的。

过了十五六岁，我终于不再感到害怕。不过，到了 20 世纪 70 年代，有一回我却真的被吓到了，心脏差点就跳出来。那一天，我在清晨三点蹒跚地沿着泽摩拉谷地走向大理石矿场，准备上工。那时马路还没开辟，我走到科罗纳桥时，看到了黑影子。他也往山谷的方向前进。那天有月亮，他看来却比黑炭还黑。

"国王的亡灵"停下脚步。他听到我的声音了。慢慢地转过身来……我也停下脚步。我们彼此对望，距离不到三十米。我想问他到底是谁，却一个字也吐不出来。那个影子也默不作声，可能也想发问却欲言又止吧。突然，他的手亮起小小的火光。啊，是火柴。他点燃一根烟。我心中燃起一线希望，因我从未听过马可国王会抽烟,更何况是他的亡灵。

于是,我鼓起勇气,低声问他:"你是谁?"

"我是瑞狄(Redi)。"那影子回答我。

原来是我的好友奇诺(Chino),他当登山的向导兼牧羊人,绰号就叫瑞狄。那天,他正好也经过泽摩拉谷地,正准备回家看顾他的几头牛,和我一样步伐蹒跚。"你把我给吓到了。"我向他走近,对他说。"你也是啊。"奇诺回我一句。然后我们两人紧靠在一起,走过那条路,还一边高歌,一边抽烟。

会飞的小偷

当我还是个脚踏实地的平凡人，不必忙着为粉丝签名，也还没当上艺术家时，靠的是最最卑微的苦工来糊口。我干过各种让肩膀疼痛欲裂的行业，比如矿工、樵夫、搬运工、刈草工、牧童等等。我也曾经在一家冰激凌店打过工。那段时间，我一天工作十七个小时，三餐只能草草解决。

有几个冬天，我为厄多的一位建筑承包商打工。老板是我的朋友奇切（Cice），他和哥哥巴斯蒂安（Bastiàn）合伙开了一家建筑公司。到处都有他们的工程，不过主要集中在特伦托。那时我在布斯卡达山的大理石场开采大理石，天气一变冷，大理石场就关闭到第二年的4月，暂时歇工。为了避免冬天游手好闲、整日待在酒馆，更不想挥霍掉辛苦挣来的微薄收入，我去敲奇切公司的门。他没有多问，马上就雇用了我。

1970年的冬天特别严寒，我们到特伦托的波洛尼尼路（Via Bolognini），准备盖一栋八户的公寓大楼。同一条路上的工地旁，有一些老房子，都十分典雅、干净，几乎家家都有菜园、一小片葡萄园、种有几棵柿子树，并设有高高的围墙，门禁森严。柿子在 12 月成熟，看起来好像红灯笼高挂在圣诞树上。

工地大概有十来个工人，都是我们厄多人。我已不记得是谁先动起这个歪脑筋的，只记得当时不得不自告奋勇，只因为我的年纪和体重都最轻。我的任务是爬进起重机的吊篮内，让操作的工人起动悬臂将我吊到围墙内的院子，然后蹑手蹑脚去偷柿子。我们选在黄昏，在暮色的掩护下开始行动。

我提着一个大袋子，爬进起重机的吊篮内。皮诺（Pino）以直升机驾驶员般的精准度，先让吊篮升空，再降落到围墙内柿子树的旁边。为了掌控情势，他在工地的公寓大楼一楼操作。袋子一装满柿子，我就轻轻地吹一声口哨，他再将我吊出去。其他人轮流在一旁看守。

头几个晚上，一切都进行得很顺利。这里偷一袋、那里偷一袋，我们洗劫了附近好几户人家的果园。一位老太太的院子被肆虐得尤其厉害，她也因此起了疑心。

一天晚上，我正准备将袋子装满时，前头房间的灯突然全亮了起来，通往阳台的房门猛然开启，老太太出现在离我两米的阳台上。她开始大喊："小偷噢，小偷噢！现在我去叫警察来！"然后用尽所有的力气辱骂我。

我吹了一声要回头的口哨，不过这时在围墙外面守候的朋友们决定耍我一下。操作起重机的家伙不将吊篮吊走，反而故意将我留在原地，悬在半空中，和距离两米远、正在破口大骂的老太太待在一起。我向她道歉，但没用，反而起了反效果！果树的主人进到屋内，几秒钟又立刻回来，这回手上拿着一些东西，开始朝我丢过来，有汤匙、叉子、扫把等等，而且再一次威胁说要去叫警察来。那个场面令我十分难堪，我再也受不了了，试着躲在树枝的后面，脸色比那些柿子还红。

最后，朋友们看这场戏看得够满意了，才将我吊出去。我慢慢升空，看着老太太逐渐远去，这才松了一口气。不过她还是继续谩骂，拿东西丢我。我怕她去报警，第二天早上去敲她家的门，为我自己和其他人的行径求她宽恕。她花了很长的时间，狠狠地训了我一顿之后才罢休。不过比起前一天的态度，已经温和多了。

宝贵的一课

1960年，我满十岁的时候，我们这里的人家还没有电视。电视机当时已经问市了，但在厄多没有人买得起。到了1962年，村里终于出现了唯一的一台，这在当时可是个稀奇的宝贝。

那台电视摆在乔瓦尼（Giovanni）开在村子西侧入口的酒馆内，本来只是供自家人看的。到了晚上，顾客如果看得到一些节目，纯粹是因为酒馆主人为人慷慨，乐意与人分享。没有电视的时候，我们有什么吃什么，不会装模作样，因为还没有从电视广告里学到罐头金枪鱼得嫩到能用脆面包棒拨得开，才算好吃。我们甚至想连罐头一起吞下去，或起码把它舔得精光。而那时候我们如果要用香水，就随便跟邻居或友人借，因为没有电视的年代，我们还没听过那种一洒在男人外套上，女人就会自动送上门的香水。总而言之，我们的脑袋还没有被混乱的荧光幕所散播出来充满谬误的信息所污染。

那个时候，我们忙完一天的事之后，每天晚上有别的消遣。有个名叫史瓦达特（Svaldàt）的老先生是村里少数几个识字的，大家会聚集在他家。吃过晚饭后，我和十来个大人、十来个小孩，一起到史瓦达特家的厨房占位子。然后，他开始大声朗读大部头的小说或故事书。一晚接着一晚，一集接着一集，大人小孩都被他的粲花妙舌迷住了。夏天和冬天的晚上，我们一定和这位说书人有约。他戴一副没有支架的眼镜，用绳子系在脑后。他会连续读两个小时，中间只休息一下子，抽根烟。

我还记得他亲口念的一些大部头的小说，如《巴列达的挑战》《神曲》《已婚人家》《葛佛瑞多》等等。他手中怎么会有这些书，始终令人费解。其中的《葛佛瑞多》是在150多年前出版的，如今已转到我的手中。这件事就不那么神秘了，因为老先生在某一年的圣诞节将它送给了我。

他家的桌上总是摆着玉米软糕，壁炉里总是燃着火，先人的遗照前总是点着一根蜡烛，十字架底端总是插着干花。他们是非常虔诚的人家。有时候，他那位个子小小、和蔼可亲的妻子会分玉米软糕给小朋友们当点心。一天晚上，老先生说书时，他妻子照例将玉米软糕送给小朋友。一拿到我的份，我立刻一小口一小口地啃起来，同时不错过说书先生的任何一句话。

我坐在炉火旁。老先生低着头，一行一行地念，好像除了书页以外，再也看不到其他东西。吃到一半，一小块玉米软糕从我的指间滑落，掉到石头地板上。我注意到没有人看着我，就不把它捡起来，反而用脚将它推进炉火。我仔细地打量在场的人，最后定睛在老先生身上，显然他并没有看到我的动作。我继续吃着玉米软糕。

过了一会儿,史瓦达特突然停顿下来,将眼镜往上一推,把书本扔在凳子上,起身向我走过来,将我从座位上拉起来,狠狠地踢我的屁股。因为用力过猛,眼镜又掉回他的鼻子上。接着,他弯下腰,将掉在地上那块玉米软糕捡起来,吹掉粘在上面的灰烬,要我把它吞下去,再粗鲁地拧着我的一只耳朵,用他那双灰蓝色的眼睛瞪着我,警告说:"小子,不可以将吃的东西丢掉。希望别再发生这种事。记住:耶稣基督特地下马,捡起一粒稻穗。而他可是耶稣基督呢,不是像你这样的渣滓。"

这话一说完,他回到座位上,从刚刚停顿的地方接续下去,好像什么也没发生。

神迹

我是个罪人，但笃信上帝。尽管有时候做不到，我还是尽力遵守上帝的律法。我相信有很多事物可以证明上帝的存在，只要看看我们周遭就够了。森林、大海、沙漠，以至于整个宇宙，都有上帝的同在，可惜人类一心一意想毁掉这一切，忘了大自然是造物者赐给我们的礼物，好让我们可以活下去，而且活得好。

我这一生有好几次经历到上帝亲自向我彰显他的同在。夏天，我在贝丁和加瓦那放牧时，有几个夜晚，与森林的幽灵一起在木屋四周游荡。落日在这个时候传达了若干信息，使人们感受到造物者的存在。一股祥和宁谧之气从天而降，使人足以忘却一切。风停止吹拂，草木不再摇摆，动物看到这幅景象，也静默下来。只有为他人着想而蒙上帝宠爱的红腹灰雀，继续以细微的叽叽喳喳声向上帝打招呼。

雄红腹灰雀的胸膛呈深红色，如羚羊的血一般。据说造物之初，雄鸟和雌鸟一样，全身都是灰色的。很久很久以前，一只羚羊被盗猎者击中，躺在城堡底下一条小溪畔。它流血过多，就快断气了，这时刚好有一只雄红腹灰雀飞到这里喝水，它就恳求小鸟救它一命。小鸟为了帮羚羊止血，将胸膛贴在子弹的伤口上，脚抓着羚羊的毛，紧贴着羚羊三天三夜，最后饿死而滑落地面。由于它的牺牲，羚羊的性命得以保全。从那时候起，上帝让雄红腹灰雀一生下来，就有着羚羊鲜血般鲜红的胸膛。而城堡围墙下方那条清凉的溪水，后来被叫作"雅加·达·苏比欧特"（Lega dal Subiot），那是厄多的方言，意思就是"红腹灰雀的水"。

2月初，透过一只红腹灰雀，我相信自己看见了上帝。当时，我正沿着漫漫而孤寂的瓦琼谷地走路回家。我走到皮诺峰（le Cime di Pino）东壁面的下方，再度欣赏瓦琼激流。谷地的景色动人心弦。两岸绵延了十几公里的树木，承载不住沉重的积雪而枝条下垂。每棵树的树梢相连，连成一排长长的拱廊。霜雪在拱廊上织出繁复的阿拉伯花草图案，令人惊艳。一层厚厚的冰降低了激流的声量。我好像走进另一个世界，飘浮在半空中，又好像是置身天堂。

谷地的出口，有一棵高耸而乖戾的落叶松。它长得歪歪斜斜的，不喜欢伴侣，宁可自己独处。树梢栖息着一只雄红腹灰雀。正是黄昏，夕阳从西边照进岩石的裂隙，如一把烧得炽热的刀子，照亮了落叶松和树上的小鸟。树变成了一道彩虹，红腹灰雀变成一团白热的小火球，悬在二十米高的地方，有如一个小太阳。由于光线的作用，它的头部出现了一圈灿烂无比的紫红色光环。我活了50年，从来没有见过类似的景象。

一时之间，谷中万物都静悄悄的，没有一丝杂音，只有落叶松树梢的小火球，发出叽喳声。我感到一股安详宁静的气氛，情不自禁地坐了下来。这幅景象令我意乱情迷，但没有持续多久，约莫只有几分钟吧。很快地，阳光就远去了，红腹灰雀也跟着飞走。气温骤降，变得冷飕飕的。夜的阴影告诉我：一切都已经结束了。

第二天，我将这个奇景告诉友人奥塔维奥，他静静地倾听。我最后说，或许落叶松上的红腹灰雀是上帝的化身呢！这位年老的盗猎者对我的"或许"二字感到不解，回答我说："是他没错。你想还会有谁呢？是他没错。"

环保的启蒙

我从小就十分迷恋山，小小年纪就开始爬了。但有生以来第一次的登山经验，并不怎么美好。我对在山顶上的所见大失所望，程度之强烈，这辈子罕见。

八岁的时候，爷爷菲利切带我去爬泽摩拉谷地的奇塔山（il Monte Citta）。前一天，我想象越过了山顶，就是一片浩瀚的空间，笼罩着飘忽的迷雾，空间底下则是辽阔的白色平原——至于为什么是白色的，只有天晓得——朝向天际延伸。

登山那一天，和爷爷一抵达山顶，我就迫不及待地转向山顶的另一头，好欣赏那片浩瀚的空间以及辽阔的平原。不料事与愿违。我站在奇塔山的峰顶，激动地往下俯瞰，但根本没有什么平原。至于空间，是有那么一点，却受制于邻近数以百计绵延起伏的山岳、岩石，一点也不辽阔。我极目望去，只见一座又一座不知从何处高高耸起的山，越往后就越模糊，直到消逝在远方。

我看到山谷的尽头有一条蜿蜒的道路、火车站的月台，还有一辆行驶中的火车。没有岩石的地方，则是森林和陡峭如山的绿色草地。多么令人失望啊！那空间和平原到哪儿去了？我想象中的景象并不存在，取而代之的，是一片混乱：其他的山所形成的层层障碍和阻挠。我非常失望地回去。下山前，爷爷用手指着从山上看得到的谷中村落，一一告诉我它们的名字。我心灰意冷，对这些完全不感兴趣。不过，这次挫折并不足以使我失去对山的热爱。我相信就算山外是一片混乱，但因有其他的远山向我们招手、邀我们前去探访，山，终究还是美丽的。

在我小的时候，我们这里还保存着教育孩子天天接触大自然的文化，或说是使命。草地、森林、激流、山岳就在我们的四周。我们的长辈和师长，或基于工作的需要，或基于求知欲，会亲手去抚摸大自然的一草一木。他们教我们要尊重大自然，并善加利用大自然所提供的资源。就拿打猎来说吧，我们打猎是为了吃猎物的肉，吃不完的还可以卖，另外，也可以卖狐皮和黑琴鸡的尾羽。

不过，他们不太强调维护环境的清洁，可能是因为当时还不风行环保的观念吧。长辈带我们上山时，忘了教我们别把纸屑和其他垃圾丢在地上。我们外出狩猎时，父亲会随地乱丢烟蒂或是吃完的肉食罐头、空瓶子。那个年头，懂得不要把大自然弄脏的人太罕见了，不过就算今天，这种人还是不多。当时的我也免不了有随地乱丢东西的坏习惯。直到1967年6月的一个星期天，才改过来。

那天，我先在马尼亚戈招待所（il Rifugio Maniago）过了一夜，第二天，准备去攀登杜兰诺山。一位白发老翁从斜坡上慢慢走来。原来，他也要去登同一座山。他那年七十岁，告诉我他是乌第内（Udine）人。他彬彬有礼，长相端庄。走到峡谷尽头陡峭的路段，坚硬的积雪阻挡了我们的去路。因为我穿着防滑的登山鞋，老先生请我帮他忙。他觉得自己上不去，但放弃了又会十分遗憾。我将绳索拿出来，慢慢地陪着他登上山顶。

在山顶上我们握了手，老先生很感动，我还在他的一本谈登山的书上签了名，然后我们开始欣赏山景。他从背包拿出一些食物，分一些请我吃。我则带了一大瓶啤酒。我们一起分享面包和奶酪，边细嚼慢咽，边灌啤酒——我十口，他五口——就这样把啤酒分光了。最后一口轮到我，真好喝。而不喝这一口，我大概就上不了这宝贵的一课了。最后几滴下肚后，我将空瓶子扔在陡坡下的碎石堆上。对我来说，这是一个再平常不过的动作。问题是玻璃瓶不会腐化。来自乌第内的老先生什么话也没说，只是慢慢地站起来，走了几米，将瓶子捡起来，放进他的背包内。过了一会儿，我们一起下山，经过招待所，再回到厄多。

这一课令我终身受用。从那天起，我不再将用完的东西丢在地上，即便只是一根小小的火柴。

我的奇师异友

我小时候，大人教导孩子人生的经历与诀窍时，手段往往是很蛮横而直接的，既不加以修饰，也不拐弯抹角，有时候甚至会危及受教者的安全。我的师长们往往是因为孤独，更常见的一个病态问题是无法对任何人付出爱心，而反映出来的态度就是自我封闭、沉默寡言，令人猜不透他们内心到底在想什么。他们难得开口，而一开口，只说重点。教我的时候，有时连嘴巴都不用，只是指手画脚。度量大一点的，顶多吐个"是"或"不"，视情况而定。

有一次，我左手拿着斧头在干活，爷爷站在我旁边，他早就料到我可能会砍到手指，为了避免这种事发生，他将雪茄从嘴里抽出来，对我说："不是这样！"然后继续抽他的烟。过了不到一分钟，我的大拇指被砍去一大块，只剩下一块皮还黏在手上，断掉的那段在空中荡来荡去。

"我已经警告过你了，"他不慌不忙地说，"现在你自己看着办吧。"我去保罗·加洛（Paolo Gallo）医生的诊所缝了好几针，还是我自己去的。因为爷爷认为早已警告过我了，没有必要陪我去。

另一次，我和樵夫卡莱（Carle）一道从山上走下来。我当时年纪很轻，还没摸清师长的脾气，走到一半，我抄捷径，直接穿过森林，朝圣奥斯瓦多关口的方向走。卡莱看我改变方向，只对我说："不是那里！"我不把他的话放在心上，继续快速前进，他则取道另一条小径。走了约莫半小时，我来到一排有一百多米高的岩石上方。想从那里走下去根本办不到。我在附近绕来绕去，试图找出一条出路，但找来找去，就是找不到，只好沿着原路爬上去，回到原本熟悉的那条路。

等我在马路边追上卡莱的时候，他已经在那里等候多时了。我气呼呼地骂了他几句，他一点也不生气。

"我早就警告过你了。"他笑着说。

"但你应该说清楚，告诉我那里没有路可以走。"我没好气地反驳他。

"我告诉你'不是那里'，聪明人听了，自然会明白。"

又有一次，我在贝丁一带当牧童，老牧人看到我走进一条长满荆棘、荒废的路，低声地说："别去。"我不听，不一会儿就火速冲回来。我的头和脖子被二十只黄蜂叮得惨不忍睹。原来，跟随我的母牛科隆巴（Colomba）弄翻了它们的蜂窝，黄蜂被激怒了，谁从那里经过，就找谁报仇。老牧人已经说过别去，他觉得这就够了，不必再多费唇舌。

我受教过程中所发生的插曲，实在不胜枚举。我今天还活得好好儿的，在师长们奇特的教育方式下仍能保全一条命，而且还四肢健全，纯粹是运气。他们给我的教训蛮残酷的，如今回想起来，内心还有气。

长大以后，我原以为再也不会遇到这种事，没想到几年前又遇到了一次。那次，我和友人奥塔维奥正从史特佩扎峰（Sterpezza）下山。我们是受帕多瓦（Padova）一名律师之托，上山寻找化石。这位律师热衷于收藏化石，给的价钱也很好。

"卖石头竟然可以赚钱，真是疯狂，"奥塔维奥给了这样的评语，"而且还不是金矿，但他却乐成那个样子。"

在7月艳阳的照耀下，第二处陡坡的石头有如炽热的煤炭，红光四射。上坡路的左侧是塔马沼泽（la lama dei Tàmer），越过沼泽有一处凉快的洞穴，我们走了一段路后，进到里面休息。我们在这洞穴内存放打猎的粮食：罐装啤酒、肉类罐头、香烟等等。如今我和奥塔维奥已不再去打猎，所以洞穴里什么也没有，我才会泄露这个洞穴的所在。不过两个睡袋现在还在，那只是我们去听黑琴鸡啼唱时用来当棉被盖的，想窝在里头睡觉可不是个好主意。两罐啤酒下肚后，我们离开洞穴，继续下山。他走在前面，我离他约三十米远。

突然，我看到朋友移动双脚，好像在闪避什么，上身轻微地旋转，犹如斗牛士躲避斗牛的动作。我并未放在心上。我很了解奥塔维奥，知道他有时候不好好走路。不过，等我走到刚刚他出现异样动作的地方时，我也跳了起来。我的右脚踩到一条毒蛇，把它激怒了，它用牙齿咬着我的球鞋外缘。我十七岁那年曾经被类似的爬虫类咬过，不禁感到害怕。我终于晓得为什么友人像斗牛士那样闪避，但他却连花点力气来警告我都不肯。

　　追上奥塔维奥后,我气得骂他开了个不好玩的玩笑。友人并没有停下脚步,甚至连头也不回,只是淡定地回我说:"你已经爬了50年的山了,根本不需要我来警告你前面有毒蛇。而且,我凭什么要告诉你?你得自己设法避开危险呀。"

　　我这才明白一切都没有改变。从小到大,我的师长们一直照他们自己的特殊方式来教导我。

遇鬼记

半夜，切利奥什么话都不必说，就把大家给吵醒了。他点燃蜡烛后，去外面折树枝、劈木柴，好用来生火。那噪声又一次无情地将我从甜蜜的梦乡中拖出来，逼我加入第N次的夜行。爸爸和托诺也起来了，轮流出去小解，一次一个人——别看我这些长辈满口脏话，生性其实害臊得很——最后轮到我。天空挂满了一闪一闪的眼睛，在窥视着整座峡谷。雨已经停了好一段时间了，瓦琼谷地的噪声也变小了。

水从峡谷流向几处急滩，在一轮满月的照耀下，发出粼粼银光。吃过一点面包，灌下咖啡之后，我们走出温馨的卡尼雅木屋的大门，朝着弗鲁尼亚山的林中空地前进。我照例走在最后面，聆听长辈们间歇的谈话蛮有趣的。切利奥、托诺、老爸和我慢慢行走，终于抵达弗鲁尼亚石屋（Casera Frugna）。这时候差不多该去守候黑琴鸡了，根本没有什么时间休息。石屋四周雪花堆积，在月光的照耀下，闪闪发光。遥望努多山，整座山峰覆盖着一层厚厚的积雪，光灿灿的，这一大片雪海恐怕要等到6月中旬才会消融。我们身穿厚重的夹克，携带枪支,在数百年来每到春天黑琴鸡就去高歌的老地方各就各位。

黎明终于来了。我在晨光中听到长辈们射杀黑琴鸡的枪声。我也瞄准一只在圆丘上动作频频的小黑琴鸡。那只小黑琴鸡太小了,大概会怕大雄鸟,既不啼唱,也不敢发出嘶嘶声。尽管如此,还是做出求爱的动作,希望有只母鸟靠近它。我向它射击,等光线充足时,过去看它是否受了伤,却找不到任何一根羽毛,也没有血迹。

我们回到弗鲁尼亚石屋,数算猎物。同伙每个人都猎到一只黑琴鸡,只有我两手空空。切利奥质问我。

"我射了一只小的,但却连一根羽毛也找不到,也没有留下血迹,显然是太远了。"我说,装出一副毫不在乎的样子,像个精明干练的盗猎者。

"这就奇怪了,"切利奥答道,"你可能打到马扎卢(Mazzarùal)了,它喜欢戏弄猎人。明天你去同一个地方,捕一只真的黑琴鸡来。"

马扎卢是森林内的幽灵,喜欢寻所有人开心,不限于猎人。第二天破晓前,我蹲在原来开枪射击小黑琴鸡的地方。它又来了。这时天色还暗暗的,只见它在圆丘上到处走动。我好好地瞄准,开了一枪。

"猎到了!"我心想,立刻冲去捉它,但只看到几根羽毛,没看到它的身影,连一滴血迹也没有。我返回小屋,对再次挫败很失望。托诺和爸爸又各猎了一只,切利奥没有任何斩获。

"好在职业猎人也会遇到这种事。"我说,然后叙述我的经历。

"是马扎卢在开你玩笑啦。"切利奥正经八百地评论道。

"真的是黑琴鸡没错,"我反驳,"还留下几根羽毛呢。"

"马扎卢比你还精,"他接着说,"让你找到羽毛,却不让你找到黑琴鸡。明天你一定还会被玩弄,等着瞧吧。"

第二天果然又上演了同一幕。我看到小黑琴鸡在圆丘的边缘动来动去,射击后,还是只捡到羽毛。

"马扎卢在跟你过不去啦,"切利奥看到我又是两手空空,做了这样的断言,"你就认了吧。"

黄昏,我抱着一捆木柴回小屋去,半路上遇到托诺。

"等一等,我有话要告诉你。"他对我说。

我放下木柴,和他一起坐下来。

"你如果想看到马扎卢的庐山真面目,"他对我耳语,"那么,明天当你看到黑琴鸡的时候,不要射它,改从下面绕着圆丘走。但记住,千万不要出声,也不要告诉其他两个人我对你说的话,不然你就看不到马扎卢了。"

我请他解释,但他不再说什么。我扛起木柴,和他一起进到屋内。吃了一些东西后,我们就上床睡觉。

天一亮,我在老地方看到那只小黑琴鸡,做出求爱的动作,一会儿往前,一会儿往后,偶尔停下来发出嘶嘶声。我正要射击,突然想起托诺的话,于是将枪支放在一根棍子上,悄悄地从圆丘下面绕了一圈。来到关键地段后,我小心地躲在一棵矮树旁边,趴了下来。我终于看到马扎卢了,他一副滑稽相,一点也不会令我害怕,因为那个住在森林里的鬼不是别人，正是我的朋友切利奥。他手里拿着一把扫帚柄模样的棍子，顶端插着他三天前猎杀的那只黑琴鸡，躲在圆丘的下面，将棍子朝着左右方向移来移去，好让死鸟看来好像活鸟在走来走去。为了使效果更逼真，这位狡猾的盗猎专家还不时发出黑琴鸡求爱时特有的嘶嘶声。我看不下去了，走出来与他面对面。

"喂，切利奥，原来你就是马扎卢呢！而且还长得跟它一样丑哩，不过它比你聪明，我也比你聪明，所以有办法拆穿你的假面具！"

吐出这几句刻薄话时，我很有快感。捉弄我的，竟然是我认为站在自己这一边的老友，我觉得很受伤，有种被背叛的感觉。切利奥假惺惺地堆满笑容，不过他对于自己竟然会被发现，显然很讶异，也很尴尬。但他毕竟是操纵这类情况的老手，装出一副老实人的样子，而且一脸无辜相，好将事情摆平。

"小鬼，别生气啦，"他一脸严肃相，"我这么做，都是为你好，要让你清醒过来，明白这世上根本没有什么死人的鬼魂，什么马扎卢。我本来今天就要向你透露，是我在操弄那只黑琴鸡的。现在，告诉我，是谁告诉你的？你爸爸，还是托诺？"

"没有人告诉我，是我自己发现的。"

"不可能的啦，你那副死脑筋怎么可能转得过来，"切利奥继续说下去，"不过以后你会变得精明一点，这可是我的功劳哩。好啦，你就别再气冲冲的了，回小屋烧壶水，煮点咖啡吧。"

这家伙光会为自己着想,太糟糕了!不过我知道他心里不好受,从他讲话的口气就听得出来,而且自从被我逮到以后,我们在弗鲁尼亚山剩下的那几天,他一直很严肃,也不爱讲话。唉,早知如此,何必当初?

从那天起,他对我的态度比以前更友善、更和蔼,对我也更关心。或许是因为这样子捉弄一个小孩,让他良心过不去吧。

三只小渡鸦

我曾经养过一只渡鸦，取名为弗朗茨（Franz）。它过世好几年后，我忆起和它在一起的那短短几年中它对我的忠诚与感情，十分怀念，很想再养一只来取代它。

2000年来了，这个新的千禧年不像众人所担心的，带来世界末日，也没有让计算机死机，世界仍然继续运转……当这一切已成定局，我决定在这一年的春天养一只渡鸦。

我用望远镜追踪一对渡鸦，想知道它们在哪里筑巢。我打算一找到鸟巢，就抓一只小的回家养，好好地宠它，就像年轻时对待弗朗茨那样。不过这对渡鸦很狡猾，将蛋下在某个鸟巢前，会筑十来个假巢，把掠夺者——其中最危险的，就是我们人类——搞得迷迷糊糊，好将他们引开。我花了十天的时间找来找去，却找不到真的鸟巢，找到的都是假的。

我决定好好钻研一番，搜集更多资料，于是向伊塔洛·菲利平（Italo Filippin）借来鸟类百科全书。从书上我得知渡鸦也会在住宅区的垃圾堆筑巢。这个信息很令我失望，因为我一向以为这种高贵的禽鸟是岩壁之后——至于岩壁之王，当然非老鹰莫属喽——哪知道我的弗朗茨的后代，竟会沦落到与垃圾为伍的地步。

"大概是为了觅食的缘故吧，希望能找到质量好一点、分量多一点的食物。如果是这样，算它们有理。"这么一想，我就原谅它们了。

接着，我得知村子近郊有几个非法的垃圾场，立刻到处搜寻，但什么都找不到。真正的渡鸦巢连个影子也没有。我不气馁，因为我相信百科全书所说的，渡鸦还在继续寻找垃圾场。我辛辛苦苦地搜寻了好几天，仍然徒劳无功。为了达到目的，我唆使几位盗猎者帮我找。

但最后，内部消息不是来自这些被我委托的人，而是一个和打猎、鸟类都扯不上关系的人。我的朋友奇切在泽摩拉谷有一个小木屋，有一天他用望远镜窥视查瓦芮芝峭壁（Crép Chavràz）时，注意到有一对渡鸦轮流到外面觅食，喂它们的小宝宝。朋友马上通知我，不过，他警告我说，它们住的地方很不好走。

我立刻出发前往泽摩拉谷。嘿嘿！才不是在什么垃圾场呢！这对渡鸦将鸟巢筑在离地面两百米、波加特峰（la Cima del Porgàit）山顶下方一百米的地方，就在一处宽不到四十厘米的坚实凸岩上。一个大岩石上有两个驮篮般大小的深洞，相隔约一米，从远方看来，好像一副胸罩。那对渡鸦将全家安顿在右边的洞里。我以望远镜评估，知道去那里偷一只小渡鸦并不容易，必须沿着岩壁下降约一百米。但我真的好想拥有一只小渡鸦。两天后，我以双绳下降法，闯入查瓦芮芝峭壁。

我事先相中一棵倚在山边的树，当作地标。我将下降器扣在绳索上，做好面对深渊的准备。虽然已有很多经验，但每次攀附在绳索上往下降时，还是难免有些担心。看到下面一大片空荡荡的，令人晕眩，这种感觉不管是谁都克服不了，而查瓦芮芝峭壁下面的深渊，更令人觉得阴郁。下降时，我想起多年前用同样的方法去一个鹰巢偷小鹰，现在又犯同样的罪行，并没有学乖。为了避免铝制的下降器过热，我刻意放慢速度。终于来到渡鸦的鸟巢前，一共有三只雏鸟，身上有浓密的绒毛，像一团棉花球，保护它们免受来自北面岩壁的冷风吹袭。

我挑中最小的那一只，因为养鸟人家都说这种鸟长大以后，会是同一窝孵出来的小鸟中最强悍、最聪明的。我正想将它放进挂在腰际的布袋内，突然传来一股气流，原来是鸟爸爸、鸟妈妈回来了。它们停在离我不到一米的凸岩上，庞大而美丽的身躯覆盖着黑色的羽毛，如丝绒般柔软，眼神温柔慈祥。我再度想起那只老鹰，记得它曾经攻击我，我担心渡鸦也会为了保卫雏鸟伤害我，于是锁住下降器，准备反击。和老鹰对峙时我因为手边有一把镰刀而顺利脱险。虽然会害怕，但是一格斗完，我就偷了两只小老鹰，觉得非常满足。

但是这对渡鸦却消除了我的敌意。它们态度温和，像是在哀求我别拆散它们一家。由于紧张，它们在凸岩上离我半米的地方跳了几下，然后停下来，直视着我。眼神十分柔和，既没有怒气，也没有挑衅的意味。它们偶尔靠近鸟巢，看着雏鸟，然后轻轻地转头看看我，再度用眼神向我恳求。我用手抓着吃得又胖又壮的雏鸟,想看看鸟爸爸、鸟妈妈的反应。它们没有激烈的反应,只是眼神变了,变得很哀伤、绝望。这让我感到十分惭愧,于是我将雏鸟放回鸟巢,带着微笑向这一家道别。我将鞍头扣在绳索上,松开下降器,开始往上攀登查瓦芮芝峭壁,直到波加特山顶的草地上。

那对渡鸦在我上方几米的地方盘旋,一直陪着我来到山顶,同时发出咯咯咯的叫声,听来很喜悦。它们大概只会用这种方法向我表示感激吧。

第二部

故乡之歌

吹牛比赛

从前,住在山上的人家一到晚上就会齐聚在家中或畜舍里,轮流讲一些故事、趣闻、历险,或是遥想当年。内容由说故事的人自己决定。此外,还经常举行名副其实的比赛,讲述一些不可思议的事件、致命的危险、极大的恐惧,或是吹牛皮。一个由五六个颇具魅力的人临时组成的评审委员会,宣布优胜者的名字。奖品是一升葡萄酒。用嘴巴讲故事这门古老的艺术,就这样在那个时代被保存着——可惜这门艺术如今已完全被电视,或幸运一点的,被书本取代了。

一个冬天的晚上,法丁(Fatin)的畜舍又在举行比赛,这次的锦标是送给最会吹牛的人。参赛的共有十五个人。我们这几个小孩在旁边听得很入神。

纳丘(Nacio)第一个上场。"我从小就身强力壮,"他吹道,"可以一个人搬运好大一捆干草,大到我扛在肩上从草地搬到谷仓时,整个太阳都被遮住了。"

接着是皮诺,为了赢得那瓶酒,他大叫起来:"我以前在非洲干活的时候,有一个地方……地名我已经不记得了……天气热得不得了,有一天竟然热到斧头的把柄变得软趴趴的,可以折成两半,就好像遇热的巧克力一样。"熔化的斧头是个不错的点子,给评审委员留下深刻的印象。

但更精彩的还在后头呢。一位曾在博洛尼亚(Bologna)住过好几年、贩卖木器的老头子出乎观众意料,一连吹了两个牛,后来居上。他先说,博洛尼亚有时会起浓雾,那雾浓到可以让脚踏车稳稳地停靠着,就好像将脚踏车停放在墙边一样。

他接着又说,同样也是在博洛尼亚,有人发明了制作香肠的机器:将活生生的猪从一头塞进去,离二十米远的另一头就会跑出装进肠衣、系成一节又一节的香肠。这时,会由两个美食家品尝成品。如果他们认为不够美味,就将香肠放进另一个机器里,一些神奇的滑轮和齿轮开始启动,经历一段复杂的程序之后,再度跑出一只活蹦乱跳的猪,比先前更快活、更有精神。

"只不过……"老先生以这段话作为结尾,"这只猪身上有个其他猪没有的洞,就是美食家咬过的地方。"

这足以让他登上冠军宝座了。不过评审委员还在等更精彩的牛皮。终于来了。切利奥平日话不多,那天晚上口才却好得很。

他说的也是以前在外地打工的经历。"我去俄罗斯打过工,在一个很冷很冷的地方……"想当然耳,记忆力原来很好的他,也不记得这个很冷很冷的地方叫什么来了。

"那里冷到我们几个工人早上在聊天时,话才一出口,就在空气中冻结了，我光看到朋友的嘴巴动来动去，却完全没有声音。"他停顿了一会儿，接着说，"到了中午时分，太阳出来了，微弱的阳光为阴冷的大地加温。早上聊天时被寒气结成冰的话语，开始解冻。于是，我们可以在那一带听到一连串轻快的叽叽喳喳声。"

不用再多说什么，那天晚上，切利奥赢得冠军，那瓶葡萄酒也稳稳落入他的手中。

妙贼传奇

晚春时分，爷爷带着我和他一起在森林里四处走动，寻找黑鹂窝。他想养一只小黑鹂。家里头向来养着小鸟，陪伴我们、逗我们开心。那只经年在壁炉边的栖木上鸣唱的老黑鹂，去年冬天死了，爷爷想找别的鸟填补它的位置。

我们一下子就在瓦得嫩溪（Rio Valdenère）的榛木林内找到了一个黑鹂窝。老先生叫我偷瞄一下里面，看看是有雌鸟在孵蛋呢，还是个空巢。他警告我要非常小心，因为黑鹂要是受到干扰而飞走，会不惜牺牲孵育中的蛋，立刻遗弃这个窝，再也不回来。我本来就是个谨慎的人，要我小心翼翼不是难事。可是，黑鹂一看到我的眼睛，还是飞走了。爷爷有点光火，要我多跟雷德夏（Ledhìar）、飞亚顿（Fiadùn）学着点。这两个人是职业大盗，动作非常敏捷。爷爷就这样说起他们的事迹。

飞亚顿计划连续行窃，想找个同伙人助阵。渴望成为他伙伴的人大排长龙，但这位职业大盗会先给他们一个考验：要应征者来到一个黑鹂窝面前,在不使黑鹂飞走的前提下,将里头的蛋取出来。应征者没有其他选择,只能在鸟窝下面挖个洞,再将蛋取出来。黑鹂是鸟类中最多疑也最狡猾的,连山顶上有什么风吹草动,它都会竖起耳朵听个仔细,更别说是在它的鸟窝挖洞了。应征者一个接着一个,通通被淘汰。飞亚顿毫不留情地请他们走开。

春去春又回……就这样过了好几年,还是没有人通得过这项考验。5月的某一天,一个看起来十分机敏的年轻人向飞亚顿毛遂自荐。他名叫雷德夏,那是厄多的方言,意思为"轻巧"。年老的大盗立即给他出了这个鸟窝取蛋的难题。

准备接受考验之前,年轻人带着些许挑衅的意味,问飞亚顿:"难道你有能力将黑鹂的蛋偷出来吗?"

"这你不用担心,"大盗回答,"再难的动作我都做得到,呃,必要的话,我会示范给你看。"

雷德夏以轻柔无比的动作,爬到树上,不出一个小时,就从黑鹂窝中将蛋拿出来,而且没把雌鸟吓跑。接着,再从树上爬下来,动作还是像微风一样轻柔。然后,向飞亚顿展示三颗小小的蛋。黑鹂仍继续孵它的蛋,只是它下面早已空空如也。

"厉害!"大盗惊叹道,"你被录取了。"

这个时候,雷德夏才注意到他的脚底踩在新鲜的草地上。咦?这是怎么回事?原来正当他在鸟窝下面忙来忙去的时候,老飞亚顿剪断他的鞋子的缝线,然后在他毫不知情的情况下,将两片鞋底移走。

"但是你啊,"爷爷下了这样的结论,"想变得和他们一样厉害,门儿都没有。"

刻花的牧羊杖

厄多和奇莫拉伊斯之间的科尔内托山（il Monte Cornetto）上，有一块神奇的林中空地，空地中央有一个地方名叫罗帕德可儿（Roppa de Cor）。每到4月，松鸡就会在这儿啼唱。这儿有个很深的坑洞，是直径六米、呈漏斗状的深渊。爷爷说，你要是将一块石头朝这无底洞里丢，会听到石头在里面发出砰砰的声音，这声音会持续好一阵子，直到在深不可测的底端消失。

由于动物经常会不小心掉到洞里，使牧人蒙受损失，深感无奈下，第二次世界大战一结束，大家终于决定将它封闭起来。他们锯下粗大的树干，连同树叶、树枝、泥土一起丢进洞里，离洞口几米处，再填入落叶松和枞木长长的树干，将这个通往地狱之门封死。

可是，与这个洞穴有关的恐怖故事仍继续传入人们耳中，如复仇、谋杀、失踪等事件。

1920年，两个牧人齐诺·科罗纳（Zino Corona）和拉焦·马蒂内利（Raggio Martinelli）在科尔内托山那一带放牧。

两人由于边界的问题交恶。有一天，他们在坑洞附近碰头。齐诺决定将边界的纷争做个了断，趁拉焦一不留神，将他往深渊的入口一推。拉焦一声也不吭，就连同他的牧羊杖消失在深渊了。

那支牧羊杖是山茱萸木做成的，上头刻了一些花草、动物的雕饰。手把的下面，还刻有主人翁的名字。有好几回，拉焦和别人吵架时，会拿着牧羊杖在鼻子前挥来挥去，向对方威胁道："我迟早会用这支木杖杀了你。"

事过1年后，众人开始对拉焦的去处感到好奇。有人猜想他大概是欠债，溜到法国去了。齐诺事后受到良心的谴责，懊悔不已。为了远离犯罪现场，他迁到弗留利（Friuli）当起摊贩。

7月的某一天，齐诺来到弗留利平原的一个小村庄，走进一家酒馆。那天天气很热，酒馆内没有其他客人。他放下担子，点了半升的酒。自从谋杀了拉焦以后，他染上酒瘾。就在等酒端来的时候，他看到一个东西。他站了起来，走近前去，好看个究竟。不看还好，这一看，心脏差点从胸口蹦出来。他扶着一把椅子，以免吓得跌坐在地上。

凳子右边的墙上，两根弯弯的钉子上，居然横挂着拉焦的牧羊杖！

齐诺压抑着内心的恐惧，问酒馆主人那支略为褪色但十分精致的木杖是从哪儿来的。酒馆主人说，那是他的孙子有一回和邻居的小孩去远足时，在塔利亚门托河（Tagliamento）的岸边发现的。那木杖千里迢迢从科尔内托山上的坑洞出发，穿过地底深处,沿着地下的水流以及地狱般的峡谷,最后来到那河岸边。

"木杖刻着拉焦·马蒂内利,真不知道他是谁。"酒馆主人耸耸肩,做了这样的结论,"或许是路过的牧羊人吧。"

"天晓得呢。"齐诺边回答边付账,全身发抖。然后提起担子,向主人道别,走出酒馆。

两天后,一位葡萄园的管理员发现他在一棵树上上吊,已经断气了。

拉焦终于履行了他的诺言:我迟早会用这支木杖杀了你。

浪子回头

这个故事发生在多年前,第二次世界大战刚刚结束时。那时,厄多住着一位育有两个儿子的老太太。老大祖利安(Zulián)中规中矩,工作相当勤奋,除了在安托尼木业公司当樵夫,每年还会畜养两头乳牛和一只在岁末杀来做香肠的猪。他烟酒不沾,不玩女人,也没有女朋友。而且克勤克俭,不懂得享受,连一条正式场合穿的新裤子都没有。因为弟弟是个败家子,照顾母亲和弟弟的责任,就完全落在他身上。

弟弟赞卡恩(Zancàn)和祖利安不一样,他烟、酒、女人样样来,是个无业游民,对家人不闻不问,连为壁炉生火这点小事都不屑做。一喝酒就失去理智,在酒馆和人大打出手。有好几次,他回家时都是鼻青脸肿、血流满面。

夏天,祖利安在森林苦干了八个小时后,又继续忍着肩痛去割牧草,赞卡恩却在两个无赖汉的陪同下,到街上闲逛。要是缺钱买酒喝,弟弟就威胁母亲。母亲被吓到,只好从那已经少得可怜的寡妇年金中抽出一点给他。他的脑筋不太正常,疯癫一发作,就会被送到费尔特雷(Feltre)的精神病院疗养一阵子。祖利安因为体谅弟弟，更因为疼爱不幸的弟弟，对弟弟百般忍耐。只有一回，当弟弟拿棍子要挟母亲时，他一拳打中弟弟的下巴。

4月初的某一天，祖利安意外死了。他和别的工人将新砍下的树木搬运到卡车上时，一棵巨大的树干从车身滚下来，将他压死。母亲在大儿子出殡之后，和赞卡恩回到家中。悲痛之余，想到身边只剩下一个脑筋不正常的儿子，今后得独自照料一切，非常惶恐。惊心动魄的画面在她脑海中翻来覆去，她早已预想到未来的日子要吃的苦头。想寻死又不敢，因为想到这一死，那不幸的儿子将会落单，任由那些坏蛋摆布。

没想到哥哥去世后，弟弟竟然变得正经八百起来，令人跌破眼镜。他不但勤奋工作，而且无可挑剔。他接手祖利安过去的所有工作，戒掉恶习，远离损友。他也养起家畜，并到森林内砍柴。不只如此，他更开垦荒地，种起马铃薯和其他蔬菜。他每天从日出忙到日落，眉头一皱也不皱。老太太认为这是个神迹，向上帝献上感恩。其他人对这个现象啧啧称奇，不太相信这是真的。

在皮林酒馆（l'osteria di Pilin）内，众人有一次谈起赞卡恩的改变。向来以话不多却偶发惊人之语而闻名的切利奥赞叹道："智者没了，疯子就会变乖。"赞卡恩再也不曾走回老路，而且直到离开人间，都为人正直，成为人人的好榜样。

男人和他的男傧相

厄多旧城区有一条又窄又暗又陡的小路，这条路上至今还保有一口四平方米、六十来厘米深的粪坑，名叫"死人池"。19世纪末，一个男人和他的男傧相以层叠的方式，双双死在这个洞穴里。

那是一个沉寂的春天的夜晚。半夜时分，刚探望完亲戚，正在回家途中的玛法达（Malfada）听到从粪坑传来呻吟的声音。原来是名叫亚科（Jacon）的男子侧躺在那里。玛法达赶紧去叫她的弟弟，一名年轻的樵夫。她弟弟立刻赶到。在黑暗中，隐约看到一名男子躺在池子里哀号，两手紧压着肚子。樵夫请姐姐去拿一根蜡烛来。受伤的男子还在呻吟。

"发生了什么事？"前来解救的人弯着腰问道。

"有人刺了我一刀……"垂死的男人以微乎其微的声音回答。

"谁？"

"不知道，我不认识……我拜托你，去把当过我男傧相的斯泰利奥（Stelio）带到这里来。我就要死了，在死前必须向他坦承一件重要的事。"

樵夫很快在皮林酒馆内找到了斯泰利奥。酒馆位于这条陡峭的小路尽头的小广场上，距出事现场不到两百米。斯泰利奥一听到垂死友人的要求，立刻赶去。这时，池边已聚集了一小撮人。有人建议去找医生来，但城里唯一的医生格雷戈里（Gregori）住在奇莫拉伊斯，离山谷有七公里多远，得骑马才到得了，恐怕要花很长时间。

"那至少将他移到别的地方，"亚科的一个朋友吼道，"总不能眼睁睁地让人死在粪坑里吧！"被砍了一刀的男人立刻反对，以微弱的声音喃喃地说，还没有和斯泰利奥说话之前，谁也不准碰他。

斯泰利奥就在这个时候赶到了。"老兄，我来了。你怎么了？"

"靠过来，"亚科回答，"我有悄悄话要告诉你。"

斯泰利奥于是将身体靠向伤者，但什么也没听到，反而在胸口狠狠地挨了一刀，正中心脏。断气之前，他惊愕地大叫："你杀了我！"

"没错，不过是你先下手的！"亚科回答。

原来刺杀亚科又将他推落粪坑的，就是斯泰利奥。他行凶后立刻逃逸，但亚科早就认出凶手是他，以吐露心事为借口，使凶手陷入圈套。斯泰利奥以为自己做的事神不知、鬼不觉，才会轻信对方的话中计身亡。前后不到几分钟，两个人相继死亡，以笨拙的姿势相拥，有如一对被诅咒的恋人。

斯泰利奥是为了一个女人而下毒手，那个女人就是亚科的妻子。多年以后，那个女人在临死之前才对人坦白事情的真相。

樵夫巴蒂的故事

巴蒂（Bati）是名七十岁的樵夫，因为能干，在村里享有美誉，很受村人的敬重。他在泽摩拉谷地拥有一块林地，名为库摩涅（Cumogne），他就在自己的林地内伐木。他太太很早就过世了，两个女儿分别嫁给一对兄弟。这两兄弟为了争夺财产，对岳父不怀好意。虽然岳父是个好人，他们却对他厌恶到了极点，阴谋干掉他。

4月的某一天，两兄弟决定到蒙蒂纳谷地（Val Montina）的黑森林（Bosco Nero）内猎黑琴鸡。他们打算在盗猎者专用的洞穴扎营。来到泽摩拉谷地时，看到巴蒂正在捡拾前一天砍下的山毛榉木柴。机会来了！

哥哥对弟弟说："杀了他。"

"是啊，杀了他，"弟弟回答，"可是由谁开枪呢？"

哥哥说："由你开枪。"

"我不敢。"

"不敢也得敢，要不然我就杀了你。"

弟弟左右为难，既害怕杀人，也害怕被杀，最后选择向巴蒂射击。巴蒂中枪后并没有立刻毙命。他已经察觉自己的险境，而且认出这两个人来。企图逃脱之际，大声咒骂这两个不肖的女婿："上帝会让你们有家归不得。"刚好有人在这个时候经过这里，看到这一幕，并听到他的吼叫。

哥哥不满地说："你故意不打中他。"

弟弟抗议道："谁说的，我已经将他射伤了。"这话一说完，哥哥立刻以来复枪瞄准巴蒂，再补一枪，巴蒂应声倒地，随即丧命。

两个凶手继续往黑森林的方向前进，穿过杜兰诺山，来到蒙蒂纳谷地隐秘的猎场藏匿。

第二天，一些樵夫发现巴蒂的尸体，将他葬在他妻子的旁边。

两个凶手打算花一个星期的时间打猎，也这么告诉妻子，但没有说明目的地，也没有人找他们去参加葬礼。一天天过去，他们没有回家。过了十天，他们的妻子和其他亲戚开始担心起来。过了一个月，还是不见人影。有人去找他们，但没有结果。人们交头接耳，说他们因为对婚姻感到厌烦，逃到奥地利去了。就是没有人怀疑他们杀了巴蒂。

又过了五个月，有一天，一位老太太来找弟弟的妻子，说："我做了一个噩梦，梦见你们的丈夫因为雪崩而送命。我不知道这个梦准不准，但不管怎样，还是想告诉你们。"

弟弟的妻子告诉姐姐，然后一起设法说服一些壮丁出发前往泽摩拉谷地。光凭一个梦就想动员一群人，可不是一件简单的事，但她们还是做到了。搜索队伍出发，带着两只警犬。

他们找遍了春天雪一融就发生雪崩的峡谷，都找不到人。

他们爬上杜兰诺山，去探测北侧山坡的每条路段，终于在其中的一条路上找到了两兄弟。两人的尸体已化为一堆白骨，躺在黑森林平原附近那几棵山松之间，正好位于几千年来从杜兰诺山北面扫荡而过的强劲雪崩下落的路线。他们应是去洞穴途经这里时，刚好被雪崩扫到。

目击者过了20年才说出亲眼看见的枪击案。正义终于得到伸张，只剩下老太太做的梦，还是一个谜。

厄多突击队

圣德拉普塔（Sante Della Putta），生于1911年，是土生土长的厄多人。有一年夏天，他在厄多酒馆告诉我一个故事。以下的转述经过适度的修饰，但大致符合事情的真相：

富里奥·科罗纳（Furio Corona）在大战期间加入突击队。他的生平精彩事迹，令人啧啧称奇。但他的结局，却在乡人心目中留下一个笑柄。

富里奥原是位作战英雄，专打使用炮弹、手榴弹、肉搏战的战争。他狡黠勇敢，连魔鬼也不怕。敌人令他兴奋，激励他与他们对峙。他根本不把炮弹放在眼里。比起子弹的嘶嘶声，他更喜爱刀法利落的肉搏战。他在亚索隆纳（Asolone）将匕首穿进敌人的心脏时，会大声呼啸，声量之大，泰山①（Tarzan）的嘶吼与之相比，不过是小巫见大巫。他孤家寡人，不怕死。每当从战场上回来，他总会在厄多的酒馆内拍着胸脯大叫："金钱和恐惧这两样东西，从来都不属

---

① 美国《人猿泰山》系列作品中的主人公。

于我。"由于一些卓越的战绩,他得过两面勋章,并有好几次接受过表扬。但他很不屑,将勋章丢到壁炉上,表扬的公报扔进炉火里。

村里加入一流突击队的人,除了富里奥,还有勇气十足、沉默寡言的老梅瑟(Meseria)。老梅瑟的早餐是一瓶酒和一小块面包。有一天,他在孙子修剪他一米长的胡须时安详地死去。另外还有大明托(Minto)。号称"大",是因为他身高超过两米。据说,国王为了奖励他的英勇,颁赠他一张特别的优待券,可以在意大利王国境内的所有餐厅和酒馆免费用餐、喝酒。但大明托并没有好好珍惜。他将珍贵的优待券胡乱塞在夹克口袋内,和雪茄的烟蒂混在一起。在一个风雨交加的夜晚,大明托喝了两大瓶烈酒后,不小心将优待券和从口袋里抽出来的烟蒂一起咀嚼,吞进肚子里,但他并没有因此而大惊小怪,仍继续在意大利境内四处游走,兜售木勺、木盘子、木碗等。他偶尔会对失去那一小张纸感到惋惜。要是还在,主要倒不是可让他吃个痛快,而是喝个畅快。后来,他对游荡的日子感到厌烦,就回到村子,在家乡终老。

富里奥的死,却是一点也不安详、一点也不庄重。他也当摊贩,推着一辆载满木器的货车在威尼托省(Veneto)内四处叫卖。年轻时的战斗让他上了瘾,或许是忘不了那已远去的危险、致命的肉搏战,于是全心投入到村子里的各种竞赛上,这都是主办庆典的人一时兴起所发明的。

某年的盛夏,瘦骨嶙峋的他在帕度一带参加一项竞赛,比谁最快吃完十二公斤重的大西瓜。他在狼吞虎咽之际,一个不小心，被噎到了，这位昔日英雄的头立刻栽进西瓜甜甜的果肉中。他的最后一口气吐在那片颜色惨淡的凶手上，上头泛起一颗颗泡沫。

一把筛子

爷爷生前是个摊贩,他漫长的一生,事故频发,最后是在贝卢诺(Belluno)惨死于车轮下。

原本他都是利用长达好几个月沉寂的冬季,待在厄多的老家雕刻木器。春天一来,我的父母就推着木制的手推车,出门贩卖那些手工制品,有碗、盘、汤匙、叉子、面粉筛、面包夹等等。

曾经有一年,他改到博尔扎诺讨生活。那是个新的尝试。他住在杜鲁所桥(il Ponte Druso)附近一间小小的屋子内。那是1938年的春天。他利用早上雕制木器,到了下午,就挨家挨户去叫卖。天气要是好的话,他就移到户外,蹲在一家酒馆和鞋店之间的角落干活。那段时间,他专门做各种尺寸的面粉筛。他先在家里将细网、支架、小钉子这些零件准备好。

有一天,旁边的酒馆内走出一个胖嘟嘟的先生,向爷爷走来。大胖子穿着深绿色的皮衣,打扮十分典雅。帽子上插了一根羚羊毛编成的羽饰,可能是个猎人吧。他走到爷爷面前,边用手比、边用讲的，让爷爷晓得他要订一把中号的筛子。这位顾客一离开，爷爷就开始动手，不到半个钟头就组好了一把筛子，再加以修整，然后通知顾客来取货。大胖子一手抓起筛子，将它丢在地上，用鞋子使劲地踩，在网上踩出一个大洞。"好烂，"他命令爷爷说，"再做一把。"说完随即转头回酒馆去。

爷爷没有被激怒，只是静静地干活，再做出另一把筛子。做好以后，去叫那个疯子来，同样的一幕再度上演。大胖子两脚跳到筛子上面，在网上踩出一个大洞，然后回酒馆去。老先生——其实当时并不老，才五十九岁——没有反击。只是慢吞吞地将网织到第三把筛子上。这次做好后，他坐在原地，没去叫那个疯子。

过了一会儿，大胖子出现在酒馆门口。爷爷向他做个信号，表示做好了。顾客走近前来，爷爷将第三把筛子交给他。那家伙用同样的方式来测试这把筛子，先跳到上面，再用鞋子在网上踩出一个大洞。不过，这一次他来不及说好烂。爷爷坐着，由下往上猛力一挥，将一把十五厘米长的钢钻刺进那个坏蛋的啤酒肚。大胖子用手按着伤口，边尖叫边摇摇晃晃地地走回酒馆求救。肇事者赶紧逃逸，将工具和零件留在现场。那个疯子并没有死，算他好运，只在医院住了几天就没事了。警方视爷爷为危险的杀人凶手，加以通缉追捕。幸亏一位厄多的好友为他解围，收留爷爷在他家躲避。这个人是政界有头有脸的人物，他替爷爷说情，使爷爷不必付出任何代价就能返回老家。

当老先生告诉我这个故事时，做出这样的结论："对那冒犯你的人，总要给他三次机会，第一次是基于尊重，第二次是为了警告他，到了第三次呢，就要给他好看。"

切利奥的故事

好友切利奥是个独生子，十二岁就没有了父亲，因此和母亲十分亲近。他父亲在他十二岁那年，一个初冬无雪的日子，在坎普山（Cima Camp）一带被一棵树压死，当年才三十九岁。根据同伴的描述，意外发生在收工之后，这更加令人伤心，因为收工后才发生的意外，尤其荒谬而又可恶。樵夫们收拾工具，年纪较大的，先乘空中索道赶回宿舍。他们冲刺的速度，和索道所载运的木头一样快。利用钢索当交通工具，只要几分钟就可以抵达村子，省去两个多小时的路程。

切利奥的父亲史蒂芬（Stiefen）告诉其他人，要将最后一棵树干运到山谷下。那棵树干叠在一堆木柴的顶端，不太稳，而第二天，操作索道的工人们会在正下方干活，因此他想先将它搬走，免得危险。没想到才一踫，那树干就滚落下来，史蒂芬来不及躲避，胸口被撞个正着，当场毙命。

切利奥由母亲一手带大，尝遍了各式各样的苦头，尤其是没钱最苦。少年失怙、在森林内做苦工、困苦的生活等种种因素，使他养成害羞孤僻的个性。母亲是他唯一的亲人，打猎则是他仅有的热情。长大成人以后,虽然有不少女人令他心动,但他对她们的感情,总比不上对母亲的亲情。其中一个女人在他身边待得最久,切利奥曾想过娶她为妻,却没有信心采取行动。他知道未婚妻和未来的婆婆一定处不来,于是远离了心上人。

基于情感、孝心、责任,凡事他总是先想到母亲。与心上人分手后,他一直和年迈的母亲住在一起。他从年轻时就把全部精力放在盗猎上,后来成为其中的佼佼者。或许是因为多年前那场没结成的婚,更可能是因为惧怕女人,随着时间的流逝,他变得愤世嫉俗、讨厌异性。他总是说女性的坏话,但看她们的眼神却又是那么的贪婪。他长得很帅,只要他开口,身边不怕没有女人,但他对待她们却很无情。

我们开始结交时,他的酒瘾已经很深了。他很疼我,把我当成自己的孩子。他教我打猎时满载而归的诀窍,而他所谓的猎物,还包括女人在内。有一天,我们俩在瓦琼谷地,他告诉我一个故事,说的是20年前他母亲去世时带给他的致命打击。

他说:"母亲出殡后,我从墓园回到家,发现房子空荡荡的,壁炉内没有火,水桶里的水结了冰,这才明白家里只剩我一个人了。我关上大门,去酒馆喝两杯,喝过一家再去另一家。就这样喝了20年,直到今天还继续喝个不停。"

他最后死于酒精中毒。

处女树墩

泽摩拉谷地的尽头，道路变得宽敞起来。这个路段的右边，涌出七股清澈无比的泉水，因此这个地方被称为"七泉"（Sette Fontane）。从这里分出一条很陡的岔路，可通往神奇的加瓦那石屋。顺着这条路走到一半，左侧有一棵落叶松的树墩，少说也有 500 年的高龄。

树墩约一米半高，往山谷的方向倾斜，直径约七十厘米。这个残株的存在只有一个可能：一个偷砍树的樵夫，在仓促之间，因为技术不佳没砍完全，而残留下来。小时候我曾在石屋附近当牧童，那时每天都会看到这棵有好几百岁、颜色血红、身段弯曲的树墩。

牧人向我解释说，这棵落叶松是被风吹歪的。曾经有个狡诈的锯木工，每天晚上来偷锯一块，准备全部搬回家。可是这树墩歪得太厉害了，很不好锯，那个蟊贼只好将它留在原处。它插在地上，有如一块界定边境的石碑，静静地端详来来往往的行人。

这树墩从地上冒出来，看起来很像是一头沮丧的大象的象牙。爷爷、父亲、切利奥、老帕兰（Palan）、樵夫、盗猎者、刈草工等人每次经过这里，就会在牙根上休憩。他们边抽烟，偶尔也会边告诉我这树墩的故事，还有那突起的部分有什么用处。从前人家称它为"处女树墩"，现在还是沿用这个名字。

古代的男人会粗鲁地强迫女人躺在那上面，然后速战速决地满足自己的性欲。朝道路弯曲那个凸出的部分，刚好充当理想的垫子。"因为女人躺在那上面，形成的角度刚刚好。"切利奥窃笑着对我说，"一般的床可办不到呢！"他做了这样的结论。有些当丈夫的，和妻子一起经过时，会忍不住将妻子推到那上面，任由他摆布，管她同不同意，反正在那个时代男性至上。

多年前的一个初夏，我陪着一个女孩来到加瓦那石屋。她是马尼亚戈（Maniago）人，这座城市以产刀子闻名。石屋当时还没整修过，不像今天那么舒适，但当临时的歇脚处还可以。几天前，小姑娘和男友一起在这个地方迷了路。他们一整个晚上在这一带绕来绕去，想找石屋却一直找不到。只好在野外露宿。男友一个不小心，身上的背包在黑暗中沿着山坡滚下去，不见了。有着一头红发、身材标致的小姑娘事后雇用我帮他们找回那个登山背包。不过，她还怀着一个更大的渴望，就是利用这个机会好好认清通往石屋的路，以便未来能再跟男友一起去。

"想得美呢！"我冲她一句。途中我告诉她我们即将遇到的处女树墩的故事。到了那里，我停下来抽烟。"看好，"我向她解释，"他们将女人这样摆。"为了让她更清楚整个过程，我仿照古时候的男人，将她摆在树墩上，不过，我的动作应该比他们轻柔。然后，为了更逼真地模拟他们粗暴的举动，我开玩笑地将身体迭靠在她上面。但时代显然不同了。她朝我的下部踢了一脚，痛得我几乎窒息。"喂，我可不是你们厄多人。"她不满地对我说。我再也无法解释下去，两人继续上路，一句话也没说。

我们找了很久，终于在谷底找到背包，再回到石屋。生火的时候，我为了自己在树墩上轻浮的举止向她道歉。

"我不是当真的。"我含含糊糊地说着。

"我也不是当真的，"她答道，"要不然，就用这个了。"她边说边从口袋里抽出一把刀子，按个钮，亮出二十厘米长的刀刃。

我们匆匆忙忙地吃了点东西，然后护送她回村子。我从此再也没有见过她。

巫婆的伎俩

每当圣诞佳节即将来临,奶奶为了让我们这些孙子安静一点、乖一点,总会告诉我们这个故事。

1896年的圣诞夜,薇尔法·科罗纳(Velfa Corona)生下第七个儿子。那年她四十岁,刚守寡四个月。先前她都用母奶喂孩子,但现在,或许是因为上了年纪,也或许是因为身体衰弱,已经没有奶水了。她不得不改用牛奶,却不合小宝宝的胃口,他从奶瓶中吸了几口,又全都吐了出来。一个朋友建议薇尔法改用山羊奶,因为不会那么刺激,新生儿的胃比较容易适应。

圣罗科(San Rocco)住着一位六十岁的老太太。她未婚,为人高傲,拥有五头山羊、两头乳牛,这在那个年头,是笔很大的财富。主显节①那天,薇尔法托人把老太太请来。老太太很快就到了,然后坐在壁炉旁的凳子上。被熏黑的墙上映着炉火的红色光芒。她旁边坐着一位沉默寡言的老太婆,是薇尔

---

① 1月6日,纪念耶稣诞生的节日。

法的朋友,也是村里有名的巫婆。在场的,还有几个朋友。

薇尔法很有礼貌地请老太太帮忙:"我需要一点山羊奶来喂我的小宝宝。我已经没有奶水了,喂他牛奶,他又消化不了。"

"很抱歉,我一滴也不能给你,"山羊的女主人答道,"我挤的奶,全得用来做奶酪。我已经答应好几个人要帮他们做奶酪,必须守信用。"

这一拒绝,气氛变得很尴尬,大家都不讲话。这样持续了一会儿,山羊的女主人察觉到其他人以无言的抗议来对她进行谴责,匆匆忙忙向大家道别,然后走向大门。正要将门打开时,那位沉默寡言的老巫婆叱喝了一声:"慢着!"接着,冷冷地说:"一点奶也不肯分给她,这就是你的不对了。少半升的奶,还是能做奶酪呀。"山羊的女主人反驳说,就是不能分给她,然后砰一声开了门,大步地走出去。

第二天,山羊女主人挤了山羊奶和牛奶,加热后放进凝乳剂。但这次,乳汁却凝结不起来,做不成奶酪。第三天,她猜想或许是凝乳剂坏了,就换新的,但结果还是一样,奶酪就是做不成。不仅如此,乳汁一接触到凝乳剂,立刻变成恐怖的绿色,还散发出怪味,连邻居的猪都不敢喝,甚至不肯接近盛牛奶、羊奶的食槽。女主人很担心,决定不再做奶酪,而是将挤好的奶直接喝下去。但实在太多了,再怎么努力地喝,也喝不完。只好心不甘情不愿地分送给别人,以免白白倒掉,或是得请邻居拿去喂猪。这时,她突然想起巫婆的话,不由得害怕起来。

1月16日晚上,她装满一桶子的山羊奶,提到薇尔法家,让她拿去喂小宝宝。那位沉默寡言的老太婆也在场,坐在老位子上。一看到山羊女主人,狠狠地瞪着她,说道:"送一点羊奶给那个孩子,这次你可做对了。就算少了送给薇尔法的奶,奶酪还是做得起来的。不信,就等着瞧吧。"说完这话,她不再开口。

第二天,山羊女主人忐忑不安地再度试做奶酪。这回乳汁立刻凝结成正常的象牙色,再制成四块结结实实、胖鼓鼓的奶酪。

从此以后,山羊女主人每天都送一升羊奶给薇尔法,从无例外。这样持续了好几年,直到小宝宝断奶为止。

沉默的老太婆则活到一百零四岁。"过世前,"奶奶告诉我,"她的眼睛仍灼灼有光,有如炽热的煤炭,令人无法直视。"

如金丝雀飞跃

我从小就开始爬山了。我一直很喜欢坐在顶峰的感觉,从那里,再也无处可去,除非下山。我先从比较好爬的山开始爬,有些是和爷爷菲利切一起去的。爷爷先带我去爬奇塔山,那年我才八岁。从这座山俯瞰贝丁石屋,山峰和厄多有一千四百米的落差,往返一趟要花上一整天的时间。接着,我又去爬了帕拉扎山、伯加特峰、且仁冬山(Cérten)、科尔内托山等一些邻近的山。有时候是和爷爷一起去,有时候则和父亲。

那是很久以前的事了。后来我攻克的山峰超过上千座,新开辟的攀岩路径约有三百条,全都是高难度的挑战。有了这些丰富的登山冒险经历,我自认为拥有完美的技术。更因为我至今还活得好好的,幸运地躲过登山的种种危险,毫发未伤,更加深了我这个错觉。其实这有几分靠经验,也有几分靠运气。我除了深感自豪,也自以为比别人更具有攀岩的天分。总而言之,我相信在面对深渊时,我的身心平衡感是毋庸置疑的。

直到1989年春天之前,我一直是这么认为的。那年春天,好友塞伯一个小小的动作,就粉碎了我自以为是峡谷之王的信念。我早已见识过他与生俱来的平衡感,而且勇气可嘉,但并不知道竟然那么厉害。

那天,我们去伯加山下面的贝拉谷地(Val Béla)砍柴。那是一个天气即将好转的3月天。我们希望能早点完工,因为4月一来,就轮到去猎黑琴鸡了。我们利用空中索道将木柴送到山谷,终点就在塞伯家后面。钢索架在马丁山(Col Martin)的峭壁之间,大自然大刀阔斧在那山上一挥,挥出一条深邃的裂缝,那就是卡德容峡谷(Calderòn)的左侧。

好友和我不想走平日那条漫长而无趣的道路,我们在峡谷间发现了另一条路径。这条路可以节省不少时间,更因为走起来需要手脚并用,好像攀岩,为我们提供了一项娱乐。上坡不成问题,除了半途有一段濒临深渊的路不太好走。但下坡就需要十分留神了。若想安全通过,得用手紧抓着岩壁,再慢慢地翻转身体。几乎都是我走在前面,塞伯跟在后面,只有一段下坡路由他先走。近傍晚时分,他将电动链锯放进背包里,将背包扛在肩上,开始上路。我抽完烟,用一颗石头将烟蒂完全熄灭后,尾随着他。好友因为酒喝多了,脚力已大不如前,所以走得很慢,但步伐稳健,而且竟然把两手放在口袋里,令我讶异不已。

他在我前面不到十米的地方。"看看他什么时候把手伸出来。"我暗想。但好友始终沉稳地将手放在口袋内。走到险恶的路段,我停下来抽根烟,顺便看看他什么时候把手抽出来抓住岩壁。但塞伯的手还是留在口袋内,只用鞋尖摩擦岩石,将重心往下摆，以保持平衡，再测量自己的身体与岩石的距离，轻松地一跃而过，继续前进。虽然背着电动链锯、手插在口袋内，但是所有动作却只花了几秒钟就完成了，令我更加讶异。

我决定效法他，一来我相信自己经验老到，二来也对自己先前不像他那么勇敢而懊恼。我把手放进口袋里，试着学他的方法来通过难关，却怎么也办不到。动了两下，我就失去平衡了，不得不伸出一只手，慌乱地抓住一块凸起的石板。

我真不知道自己该做何感想，只觉得难过得不得了。他这辈子从来没有攀过岩，而他能以金丝雀般的轻巧一跃而过的地方，我这名经验老到的登山家却完全做不到。像他这种人如果去登山，该会有怎样精彩的表现呢？回到家时，我信心破灭，直到今天都还没有恢复。这次的羞愧感困扰了我好几年。那天晚上，塞伯又给了我另一个致命的打击。我向他敬酒，恭贺他的绝技。他愣了一下，回答我说，并没有那么难呀。我没告诉他，自己根本做不到。

我们终于砍完了柴，在他家度过复活节。这是他这辈子最后一个复活节。山上，黑琴鸡已经跳起爱之舞。那年的4月，我们的友谊仍然得以维系下去。5月初，一个布谷鸟高歌的艳阳天，塞伯走了。一个人在家的时候，突然暴毙。死于心脏病。就和那天在那关键路段轻巧无声的飞跃一样，他最后也轻轻地、静静地飞去另一个世界。

不过，他最后是真的累了。或许他的心想助他一臂之力吧。

一卡车牧草

"山上人家，大鞋子，歪脑筋。"住在我们这个山区的人，常会使诈，有许多例子可以印证上面这则谚语。从前的樵夫最糟糕，在贩卖木柴以前，会想方设法增加木柴的斤两，而最常见的伎俩就是在木柴上洒大量的水，使木柴湿透。

牧草和木柴一样，也是按斤两计价。多年前，一个个性开朗却有点投机的厄多人在卖牧草时动了手脚。他和一个朋友一起投入这门不怎么高尚的行业。从事这一行，倒不全是因为穷困，主要还是为了使诡计，近乎不诚实，足以说明山上人家求生存的秘密。

第二次世界大战一结束，这两个厄多人用一辆老旧的卡车装着牧草，来到容卡德勒（Roncadelle）。那个年头，山区的人常将过剩的饲料与住在平地上的农夫以物易物，换取玉米、面粉、葡萄酒，卖钱也是常有的事。

他们在2月底出发，那时山上还很冷。其中一名骗子叫贝拉克（Barach），是个蛮勇的司机，另一名叫奥尔莫（Olmo），是个聪明人，什么都会，就是不肯脚踏实地，卖力工作。那天傍晚，他们将牧草装上卡车，计划第二天破晓时分出发。奥尔莫埋怨说，他拿耙子是被逼的，但继而想到即将到手的利益，才变得心甘情愿，开始努力工作。他们趁天色还未全暗，用水桶和水管将一卡车的牧草浇个湿透，这样一来，称出的斤两就会比实际的重很多。泡在牧草中的水分在夜间会因为寒气而结冰，从外表看不出任何异样。

第二天，两人镇定地前往容卡德勒。到了目的地，买主还没到，两个老狐狸故意慢吞吞地拖时间。他们早就发现当地的葡萄酒物美价廉，而他们适巧爱喝两杯，正好可以利用这段等待的时间喝个痛快。他们将卡车停在事先说好的一家酒馆的后院，等候买主在指定的时间赴约。不过，出乎意料的事正埋伏在角落，露出狡诈的冷笑，伺机而动。就算努力想避免，也很难猜出事情会如何进展。

近中午时分，农人准时出现在酒馆。他出去查验牧草、称斤两前，两个骗子向他讨一些里拉，作为订金，农人断然拒绝。"我顶多只能给你们四分之一升的酒。钱等称了以后再给。"那两个人露出鄙夷的神情，边把酒收下来，边骂脏话。

正当他们啜饮着这块丰饶的土地所产的美酒时，酒馆的女主人跑了过来。她一脸忧虑地向两个骗子说："你们的卡车大概是出了什么事了，到处都在滴水。"

对曳引机、割草机等马达机械很有研究的农人，立刻断言："冷却器坏了，我们去瞧瞧吧。"那两个人猜想大概真的出事了，担心地对看了一眼。等他们的双脚一踩上酒馆的后院，就心知肚明了。

沿着车身的四周，大量的水从卡车的边缘正往地上流，把挡泥板和地面都浸湿了，卡车看起来就好像刚从湖里被捞起来似的。说来真巧，寒气那天偏偏没有造访容卡德勒，暖阳催逼树的枝头发芽，牧草中结的冰也融化成水，滴滴答答地往下淌。

农人发现了真相后，简直快气炸了，坚持要酒馆的女主人去叫警察来。女主人费了好大的劲，才使他平静下来，劝他算了。农人要那两个骗子立刻爬上卡车滚蛋。为了减轻交通工具的负担，奥尔莫和贝拉克想将灌了水的牧草免费送给农人，说至少可以用来铺马槽。但农人还在气头上，不肯收下。最后，那两个诡计未得逞的坏蛋下跪求饶，才获准将卡车上的货卸在院子里。农人咕哝着："好吧，我就用来铺马槽。"其实他内心早已在盘算，要将牧草拿去晒干，照样可以拿来喂马。

卸完了货，奥尔莫和贝拉克再度开着老旧的卡车，回到厄多。只是这一次，卡车和他们的口袋以及脑袋一样，都是空空如也。

节制的智慧

我从小就经常和盗猎者切利奥去森林、山谷和高山。我有不少老师，他们对我的人生产生深刻的影响——不管这影响是好是坏——切利奥就是其中一位。人们在小时候所接受的刺激，会烙印在遗传基因上，就算长大成熟以后靠理性加以修正，但那些或好或坏的刺激仍将伴随着我们的一生。切利奥因为不懂得节制，我也受他影响，不懂得适可而止的道理。这个缺点蛮危险的，可能导致严重的后果。就好比将一把上膛的手枪交给一个幼童，他可能会伤了自己，也可能伤了别人。

有一回，切利奥邀请我去普拉达（Prada）一带的果园。他对我说："我们去塞汀（Cetin）偷樱桃吧，主人这几天忙着收割牧草，不在家。"我们各提了一个桶子，打算用来盛樱桃。我们从厄多出发，来到目的地，爬到樱桃树上。那棵树结满了果实，有如炽热的火焰。将樱桃装进桶子以前，切利奥先一把又一把地塞进嘴里，贪婪地吃起来，甚至连籽也不吐。

"尽量吃吧，"他对我说，"而且要快，因为明后天果园的主人就会来采收这棵树上的樱桃，到时就一颗也不剩了。"

"我要慢慢来，"我回答，"我要把籽吐出来。"

"笨蛋！先吃个痛快，等有时间慢慢享受时才吐籽。"他不屑地对我说。

樱桃是一位老农夫种的，有关他本人的事，我并不清楚，只知道谁胆敢闯入他的果园偷水果，他会立刻拿着修枝的剪刀追出来。切利奥向他挑衅，刻意趁他在且仁冬山上的牧场收割时，偷他的樱桃。

我们吃到肚子快撑破了，才将桶子装满樱桃，然后朝瓦琼激流的方向走去。一处景致优美的弯道旁，就是宾迪酒馆（Osteria del Bindi）。才走到酒馆的大门，切利奥就忍不住了，一下跃过门槛，在吧台前坐定。从那一刻起，不管用什么方法，都不能将他引开。他点了一盅四分之一升的酒，一盅接着一盅，喝个不停。他帮我这个小孩子点的，是普通酒杯装的酒。喝了五六盅之后，可能是刚刚狼吞虎咽吃下太多樱桃了，他开始觉得不舒服。没过多久，他的肚子就痛得要命。不过酒还是不停地喝，一直喝到傍晚。

尽管已经烂醉如泥，肚子又痛，他还是有办法爬库瓦加（Cuaga）绵延不断的山路，回到村子里，一直走到他家门口。为了方便爬坡，我们将装满樱桃的桶子留在酒馆。我也喝了好几杯，酒精在我身上起了作用。分手前，老师吩咐我："明天早点起来，我去接你。我们去剪种菜豆的枝条。"

第二天，切利奥一大早就来接我，抱怨肚子还会痛。我们又在宾迪酒馆逗留了好一会儿。切利奥借口说要检查樱桃，坐了下来，又灌了两盅四分之一升的酒。

然后，我们拿着钩镰和绳子，前往种了很多榛木的斯皮那达（Spianada），准备修剪榛木的枝条，插在田地里当作支架，让菜豆的茎叶攀缘。枝条要直，长度要两米以上，像扫帚柄那么粗。由于切利奥不知节制，我们砍了一大堆。砍完后，我们必须将枝条捆成束，好扛在肩上，背去库瓦加。这时，他做了一个奇怪的推论，说："要是扛那枝，那么这枝也能扛。"边说边加放一根枝条。他一根又一根地加，等枝条堆成一大堆，他用干草绳捆成好大的一束，然后试着扛在肩上，但根本站不起来。通常一般人一次可以扛一百根，已经很多了，但这捆枝条超过三百根。

切利奥十分镇定。他打开绳结，做了和刚刚相反的推论。他将一根又一根枝条拿出来，说："要是不带那枝，那么这枝也不带。"然后丢在一旁。他慢条斯理地取出所有的枝条。拿出最后一根时，他将它抛得远远的，说道："我要是别的都带不了，那么这根也带不了。"说完，他将绳子卷起来，披在肩上。我们两手空空，安安静静地走回宾迪酒馆搬樱桃。不过，在离去前，老师又喝了好几杯。结果两桶樱桃都得由我来背。

切利奥就是这么极端的人。或许他只想冲到尽头，管它是在这一头还是那一头，他就是对尽头有兴趣。最后，终于掉进去，再也出不来。

消失的清泉

操作推土机的工人仓促地刹住，推土机颠簸了一下，停了下来，一名男子横躺在履带前。是个英挺的中年男子，一头浓密的灰发整个往后梳。正值夏天，电力公司在兴建瓦琼水坝。公司派推土机来铲除厄多的土地。

那是个充满希望的年代，也是个冲突不断、令人失望的年代。村人分成两派，一派相信未来可以过富裕的好日子，因此赞成水坝的兴建，这一派占多数，不管这些人后来怎么作态；另一派持反对意见，倒不是因为他们早已预料到后来会发生大灾难，而是因为那个混凝土妖怪严重地破坏了自古以来平衡的生活形态，以及整座山谷的和谐安详。后者是少数，经常被赞成的人士取笑，遭他们白眼。

F.C.，横躺在推土机前面那个男子，便属于后者。他并不是什么富有的大地主，否则也不会做出向履带挑战的举动了。他躺在推土机前面，是为了保卫他自己的地产。说来不多，不过就是一小片草地、一小片林地，以及一处清泉。不过，对他而言，财富的意义不在于数量的多寡，而在于对继承自先人的一点祖产的感念和尊重,并纪念先人的辛劳。草地用来畜养乳牛,而乳牛则为他供应牛奶、奶酪、奶油、软酪。林地供应他冬天生火的木柴,而为了生活所需,他也砍点柴拿去卖,将挣到的钱存起来。清泉供应清凉的水,为他和乳牛止渴。

从那里经过的路人,也可以喝F.C.的泉水。那是一条流量小得可怜的细流,可是泉水却奇迹似的不断流出来。即使遇到严重干旱,水量一滴也不会少,就像个可靠的朋友,不会在我们有需要时不见人影。F.C.谈到他的清泉时,就好像在谈一个人:"我的泉水个性真好,夏天清凉,像一朵玫瑰令人舒畅;冬天微温,免得喝的人冻僵了。"

他在泉水下面放了一个水桶,是用落叶松的木头制成,用来盛水给乳牛喝或是清洗碗盘。水桶附近长了一片苔藓,鼓鼓的,和海绵一样会吸水,泉水流经这里,突然不见了,看来好像是干的。不知情的过路人放心地将脚踩在上面,却陷入水里,整只脚都湿了。

当那些傲慢的外地人想在我们这里盖水坝、将水注满谷地时,F.C.心想:"这不至于危及我的土地,因为离工地有点远。"错了。那些人连他的土地也想要。

入侵者征收土地的手段是这样的:地主要是不肯出让土地,就予以没收,付他一点钱作为补偿,金额大小由入侵者自行决定,存入反抗者的银行账户,这样事情就通通摆平了。许多反对水坝的厄多人,被那些跋扈的外人恐吓之后,都难过地低头了。但F.C.自认为比那些低头的人更强悍、更坚定,于是躺在那台想铲除他的小天地的推土机前面。他在那里躺了两个多小时,刚好足够让入侵者跑去将警察请来。

我和弟弟菲利切亲眼看到这一幕。那一天我们刚好去F.C.的村子皮内达(Pineda)。事发现场的附近,梅萨佐桥(il Ponte Mesazzo)上,有一家小工厂。那里的技工偶尔会送一些轴承钢珠给我们。推土机四周聚集了一小撮人。一些工人和好奇的人都安安静静的,另外还有三个女人在一旁喋喋不休,劝F.C.打消抵抗的念头,将他拖起来,要他别做傻事。

F.C.身边放着一把巨大的斧头,但警察不怕。一共来了四名警察,并没有诉诸暴力,反而一副很为难的样子。他们是奉命前来的,总得执行职务。他们一开始来软的,但F.C.不为所动,最后只好将他抬起来,用吉普车载走。他没有反抗,甚至连抓起斧头的企图也没有,因为他知道这样只会使情况更糟糕。推土机恢复作业,如果我没记错的话,操作的工人看起来很沮丧。

不到几天,清泉、草地、林地通通不见了。惨遭蹂躏之前,落叶松木头做成的水桶被移到一个安全的地方。两个工人亲自将它抬走,像警察将F.C.抬走那样。抬走前,工人们先倒出里头的水。那哗哗声听起来好像一声抱怨,那是最后的一声抱怨。

雄鹿复仇记

山上的村子住着一个有名的猎人,专门猎鹿,后来遭到鹿的报复,被鹿角刺死。恕我保留这个村子的名字。凡是知道这一事件的人,都对那个地方很熟悉。至于其他人,我故意让那个地方保持神秘,好引起他们的好奇,这样,他们就会去问别人:那个鬼怪的地方到底在哪里?鹿竟然会拼了老命去复仇?

这是一个猎人村,从前猎人多得不得了,现在人数比较少了。这些猎人什么都杀:羚羊、獐鹿、鹿、黑琴鸡、松鸡、山鹬、雷鸟。最后两种禽鸟因为濒临绝种,现在几乎不再是狩猎的目标。

"我们必须拯救它们。"圣乌巴尔多(Sant'Ubaldo)的传人[①]忧心忡忡地说道。总是这样,总是在亡羊补牢。

其中,有一个五十几岁的猎人只以鹿为猎杀的目标。他家摆满了打猎的战利品,到处都是鹿角,有各式各样尺寸,钉

[①] 圣乌巴尔多为猎人的守护神。

在他用相思树和紫杉裁成的木板上，再挂在每个房间的墙上。连厨房的壁炉上，也挂着一个鹿头标本，令人触目惊心。那对凝视的双眼严厉冷峻，有如无声的谴责。

较小的战利品，也就是他认为比较没价值的，就卖给马尼亚戈（Maniago）的刀匠。马尼亚戈生产全世界最好的刀子，刀匠用向他买来的鹿角做刀柄。鹿肉则卖给地方上的各家餐厅。他一口也不想再吃，因为打猎期间吃了一大堆鹿排和鹿腿，早就吃腻了。

曾经，在村子一家著名的酒馆内，有同伴问他为什么只猎鹿。

"因为漂亮啊。"他答道，口气有点讥讽。

"可是羚羊和獐鹿也很漂亮啊。"同伴反驳。

"没有鹿漂亮。"猎鹿人冷冷地回答，头一动也不动，手肘继续搁在吧台上，慢慢地啜饮一杯酒。

每年从9月中旬到10月中旬，他会趁着夜间到林中空地或是谷底激流岸边的森林内，聆听雄鹿交尾时的鸣叫声。它们借着叫声警告对手：这里是我的地盘，你们最好离远一点。

猎人在满是战利品的屋内那间大厨房墙上，钉了三个衣帽架。每个衣帽架各由一块木板和鹿的四只前脚组成，每只前脚都弯成直角。想让鹿脚保持这样的角度，必须先用钳子调整大筋腱的角度，用螺丝固定好，然后放在火炉边一个月，利用热气使鹿脚干燥。一个月后，取一块木头，雕成个人喜爱的样式，再凿出四个大小适中的洞，最后将涂上胶水的鹿脚从洞口穿进去，衣帽架就完成了。这类衣帽架也有用羚羊或獐鹿的脚做的。獐鹿脚做成的衣帽架，比较精巧、细致、高雅，专用来送给仕女。猎鹿人的第一个衣帽架用来挂来复枪，第二个衣帽架挂着附弹药筒的猎人专用外套和其他衣物，第三个衣帽架挂着一顶帽子、两顶鸭舌帽、一支曲柄拐杖。

好几年前的春天，当地举行狩猎战利品比赛，一些伙伴怂恿他去参加。猎鹿人展示了三颗硕大的鹿头，每颗都有一对十八个分叉的角，十分壮观，其中一只鹿角甚至重达十五公斤。他分别夺走第一名和第三名。第二名是被一个外地人"偷"走的。说是用"偷"的，理由在于：裁判不好意思将三个名次通通颁给同一个人，才会让外地人捞到一个奖。

这个辉煌的战果令猎鹿人非常得意，竟然胆敢拿着得奖的标本到海外参赛。不过他的自负却在匈牙利的一座城市踢到了铁板，连前十名都进不了。他看到其他参赛者的鹿角有些有二十个分叉；有些鹿角重达二十公斤，看起来好像一棵树。沮丧之余，回到家乡以后，他再也不参加这类比赛了。

他从鹿的交易勉强挣到一些钱，2000年冬天，他用挣来的钱买了一辆菲亚特（Fiat）墨绿色熊猫四驱版（Panda 4×4）。以前他也有一辆类似的车，不过是老式的驱动模式。这辆新车爬坡力特强，可以克服异常陡峭的坡度，顺利地开到狩猎场。他有打猎许可证，但禁猎期间照常去盗猎，一点也不担心被捕。他专找鹿下手，农人们也会助他一臂之力，因为"那可恶的禽兽"会肆虐菜豆和南瓜。他自认为是在为农人除害。

9月底一个下弦月的晚上，半夜四点，鸮、小猫头鹰、仓鸮对着天空发出哀号之际,猎鹿人开着新车回家。他是去不远的一座山谷听雄鹿的鸣叫声的,那里有一个超级保护区,有森林看守员在驻守。虽然是保护区,他还是开了一枪,因为出事后,警察在他那把猎枪的弹膛内,发现一发爆破而未射出的弹壳。

正当他开到下坡路,全速开回村子时,一个黑影出现在他面前——这是他生前看到的最后一个东西——紧接着,便传来撞击的轰隆巨响以及粉碎的噼里啪啦声。原来是一只巨大的雄鹿冲到他的挡风玻璃前面。清晨六点,四名工人在去工厂上工途中发现猎鹿人和雄鹿时,已经双双断气了。鹿的前身插进车子里,猎鹿人躺在座位上,鹿角的一个分叉准准地刺进他的颈动脉。他和鹿死后仍睁大着眼,互相瞪视。

猎鹿人死后,遗下一个老母亲。母亲在他生前一直为他祷告。那只鹿离开热爱的森林,为弟兄们报了仇,并使杀鹿凶手永远住手。衣帽架上的东西闲置了一段时间了,现在已经蒙上一层灰。

狐狸情深

狐狸死去的时候，似乎喜欢成双成对地死在一块儿，除非是被猎人射死，或是被藏有氰化物的毒饵毒死。狐狸和友伴的感情很好，非常亲密。可能是因为这个缘故，命运之神经常容许它们结伴离开这个世间。不过，我也相信任何生物生前跨出的最后一步，都是孤独的。即便是成群结队的死亡，那一步也只能独自跨出去。

我这一辈子一共目睹过三次狐狸成对一起死亡的例子，都是同时、同地、相同死因。第一次，是小时候和爷爷在一起的时候看到的。那是1月的某个早晨，我们正要去瓦琼河岸的相思树林，打算砍一些嫩枝做面包篮。我们专找黄色的嫩枝，因为黄色的面包篮特别漂亮。

瓦琼河附近有一块黏土质的土地，爷爷在当中犁出一小块田，种了一些马铃薯。那一天，那一小块田上有积雪，雪已经凝固了，我们在那上面发现两只死去的狐狸——不，应该说是我发现的，因为是我先看到的。两只都吃下了有毒的肉块。下毒手的，是盗猎者兼高山向导杰柯（Checo），这一带到处都有他下的毒饵。两只遇难者，一公一母，侧躺在地上，脸部紧靠着，好像在吻别。

爷爷看出这是从中获利的好机会，将两只猎物扛起来。第二天一大早，我们出发前往隆加罗内，将狐狸皮卖掉。不过，杰柯竟然知情，也可能看到了所有的经过。到了10月，当我和爷爷到河岸将马铃薯从田里挖出来时，那位神秘的盗猎者冷不防地出现在我们眼前，手里提着两个木桶。他什么话也没说，只顾着将马铃薯放进桶子里，等两桶都装满了，再将桶子朝着爷爷抬高，说："菲利切，这些就是我那两只狐狸的代价。"说完随即离去。

1年前，我又撞见一对狐狸死在一块儿。春天的一个早晨，我步行前往克劳特村（Claut），那里离厄多有十四公里。快抵达时，我在圣哥达教堂（La Chiesa di SanGottardo）附近注意到马路旁有两团黄褐色、毛茸茸的东西。走近一看，发现是两只年幼的狐狸，很可能是被车子撞死的。它们漂亮得像是两块秋香色的丝绒做成的玩具。它们的脸并没有被猛烈的撞击破坏，还是那么的优雅、甜美，那是小动物的脸庞向来具有的特质。厄多有一位已经过世多年的独居老太太马达莱娜（Maddalena），为人高洁，充满睿智，有一天谈到小动物时，她用方言对我说："所有动物小时候都很漂亮，只有人类除外。"好像还蛮有道理呢。

虽然柏油路上那两只狐狸还来不及长大就惨死车轮下，但它们脸上的表情十分安详又天真无邪。或许它们没有时间了解究竟是怎么一回事，也因此来不及感到恐惧吧。它们的脸上挂着微笑，显得很平静，有如沉睡的婴儿。我将它们移到草地上，在地上插了一根棍子当记号，然后去通知猎场看守员伊塔洛·菲力平，请他一有空就赶快来埋葬它们。

我在2000年初，又遇见一对狐狸一起丧命。这次最令人唏嘘，也颇具象征意义。2月的一个星期五早晨，我和弟弟里凯托与往常一样开车前往隆加罗内去逛市集。这是我们厄多人在瓦琼悲剧发生前就有的习惯，一直保留至今。我们通常什么也不买，去那儿纯粹是因为好奇，看看那些摊子上有什么新鲜玩意儿，见见老友，顺便喝一杯……啊，通常不止一杯啦。市集这种古老的交易模式，既富人情味又趣味盎然，可惜在冷漠务实的全球化过程中逐渐被淘汰。如果它还有存在的一天，我们就会继续保留这个传统。想想，在不久的将来，所有的东西只要上网订购，就会自动送上门来呢。

那个星期五，在瓦琼水坝附近的攀岩练习场一带，我注意到岩壁下方一块空地上有两团黄褐色的东西。我叫里凯托把车子停下来，然后下车去看个究竟。原来是一对死去的狐狸，一公一母。我经常看到狐狸在这一带出没，其他到这里攀岩的人也常常看到它们，或是在练习场顶峰的边缘散步，或是在狭窄的岩棚上追逐，像是在练习攀岩，又像是十分热爱峭壁。它们在那上面的表现，就像个老练的登山家。

夜晚有时我从隆加罗内返家，经过攀岩练习场附近那个"U"字形急转弯时，车前灯会照到一对狐狸，躲在暗中偷看路人，眼睛闪闪发光。若是白天，它们会倏地出现，一转眼又像火箭般冲向峭壁。我很眷恋这些友人的身影，它们经常随行在侧，连冬天也不例外，几乎每一天都可以在雪地上发现它们的足迹。

这一次，它们是被爱背叛了——这是世间常有的事，不是吗？狐狸和所有犬科动物一样，交尾之后还会花上好几分钟的时间把身体交缠在一起。我猜想那一夜，它们在摩列撒（Moliesa）峭壁上进行繁衍后代的仪式，没想到这项伟大而神秘的仪式，却带给这对爱侣致命一击。或许是其中一只先从狭窄的岩棚滑下去，因为身体黏在一起，于是伴侣也被拖下去。当我将它们抱起来以了解事故的原因时，它们的身体还紧密相连。即使往下掉了三十米，也不足以令它们分开。这对爱侣在死亡临头时，虽然又惊讶、又害怕，但似乎也很欣喜。起码，它们可以死在一起。而且比起被毒饵毒死、被车子撞死、被猎人射死，这种死法总是好一点。

我和前一个例子一样，去厄多通知伊塔洛来处理善后。我们这里强制规定：凡是在无意间看到死亡的动物，必须通知森林管理员或猎场看守员，千万别碰，因为如果是死于疾病，我们很可能会被感染。

我和弟弟重新上路，前往隆加罗内。途中，我陷入沉思。我在想，爱情有时候会使我们犯下致命的错误，连不相干的人也被卷入一场悲剧。不过，我相信为了爱而冒险，终究还是值得的。

那个坚毅的年代

多年前,我因为雕刻工作的关系,认识了一位买卖艺术品的博洛尼亚人。他名叫马利亚诺·曼多莱西(Mariano Mandolesi),绰号卡洛(Carlo)。

当他发现我祖籍是厄多时,告诉我说,他曾在梅萨佐谷(Val Mesazzo)当过游击队员。他的绰号就是那时候取的。游击队员有很多人,除了他,还有画家埃米利奥·维多瓦(Emilio Vedova)。

"他连那个时候也想画画,"卡洛叙述道,"随意拿起铅笔、木炭、烧过的木头,画在木头、厚纸板、木板上。"

自从与卡洛相遇以后,我花了好几年的时间搜索,希望能起码找到一件属于维多瓦年轻时的东西,用品也好、素描也好,任何能证明他曾经到过这里的证据都好。可是画家维多瓦没有在厄多留下任何蛛丝马迹。

如果艺术品真能反映艺术家的个性,我倒想知道维多瓦作战时的表现,是否一如他在画中所呈现的,既猛烈又狂暴。我真想找一天去拜访他,听他谈谈他在那个遥远时代的经历,谈谈当他面对不确定的未来时是如何的绝望，又是如何在艺术的创造性与战争的破坏性之间摆荡。

厄多的地势特别适合躲藏，不容易被敌人发现。荒芜幽深的谷地与住宅区分隔开来，道路从峭立的绝壁穿过，险峻难行。底下的峡谷莫测高深，几条激流难得露面，一露面仿佛一丝银线闪闪烁烁。梅萨佐谷、泽摩拉谷、瓦琼谷是躲在巢窟打游击的好地方，这其中又以梅萨佐谷最为理想。

这些偏远的谷地曾发生过一些可歌可泣的故事。

有一天，我和同伴在皮诺山攀完岩之后，决定到坐落在一处人间仙境的小木屋过夜。这是个远离尘嚣的地方，就在梅萨佐激流的水源旁边，我的朋友北披·狄塔（Bepi Ditta）生前就住在这里，独自经营招待所，用来招待路过的登山客。

夜间，我们听到沙沙声，好像轻轻的脚步声。可能是獾或狐狸吧。可是同伴转身换个姿势，用挖苦的口气对我低语："大概是德德来找他的牙齿了。""什么德德？"我好奇地问。于是，他开始说起故事来。在这个神奇沉静的夜晚、与世隔绝之地，故事听来更加惊悚。

他告诉我1944年春天游击队与德军对峙时，卡车陷在半路、交换人质的建议被驳回，以及金牙藏在附近一个山谷的尸骨和赃物之间的事。他描述当时人与人之间的猜忌以及密告；又说到一个非常漂亮的女孩，因为和德国人谈恋爱，在厄多的广场上被枪杀。然后叙述托克山（il Monte Toc）整片领土被扫荡、放火，再谈到二十三名德国人被捕，游击队扣押了十二名人质，想与敌军交换却被拒的事。他向我坦诚那些人质有的年纪已经不小了,他们静静地流泪,看着亲人的照片。游击队员不禁动了恻隐之心,差点就将他们给放了。但战争的游戏规则就是要对敌人无情,更何况游击队员确定德国人从来没有什么恻隐之心,就这样,游击队不再犹豫。最后来了一辆卡车,把十二具死在一块儿的尸体载走。

上床前,北披要我答应他,找个两天的时间回到小木屋,帮他修理小路上那座小桥。由于年久失修,桥上的梁木已经烂了,有崩塌之虞。我答应了他,反正只是小事一桩,不是重建可伦伯桥(il Ponte del Colombèr)。

可伦伯桥是一条长四十六米的拱桥,悬垂在一百四十米深的悬崖上方,1944年9月被游击队炸毁。它原来是瓦琼谷与皮亚韦谷(la Valle del Piave)之间唯一的通路,德军占领村子后,下令除了德国人和厄多的女人,通通不准过这座桥。如此一来,厄多和隆加罗内的联系管道就中断了。后来,有两名游击队员男扮女装,提着两个装满炸药的驮篮,往拱桥的方向前进。他们头上裹着厄多人特有的头巾,以至于普勒山(il Monte Pul)瞭望台内的哨兵察觉不出任何异样。我的脑海中浮现一幅景象:两名叫"鲍里斯"(Boris)和"阿拉米"(Aramis)[1]的男子穿着长裙、司酷缝布鞋,胸衣下面放了两坨毛线球,模仿丰满的胸部。引爆后,桥梁被连根拔起、炸得粉碎,碎片纷纷坠入谷底。

残酷的报复行动随即展开。不少厄多人被拖进火车,送往

---

[1] 鲍里斯和阿拉米为法国喜剧片人物。

德国。德军一波又一波放火燃烧当地的房舍。当时地方上的主教个性强悍又有势力，交游广阔，对象包括加莱亚佐·齐亚诺（Galeazzo Ciano）[①]。主教不但是齐亚诺的朋友，也听他全家人告解。直到今天，人们还谣传齐亚诺将三个装满文件的柜子交给主教，主教将柜子放在他的宿舍里，其中两个至今还留在村子里。

主教借着他的威信，阻止了全村被毁的厄运。德军不再到处放火，但是下令村民在四十八小时内重建一座桥，否则要通通抓去枪毙。

虽然技术上有困难，几乎不可能做到，但这项工事竟然在期限内完成了。男子们连夜赶工，先卸下瓦琼谷地内用来运送木柴的几条空中索道，卷起来，然后有如朝圣般大排长龙、弯腰驼背，将钢索扛到被炸毁的桥梁一端，抛进深谷。一些攀岩高手爬进谷底，将钢索往上拉到深谷对面被炸毁的桥梁另一端。每条钢索隔开一小段距离，平行吊挂在悬崖上。在此同时，整个村子展开巨细靡遗的搜索，一区一区地寻找木板，用来架在支撑的钢索上面。他们拆除了畜舍，甚至将落叶松木钉成的餐桌解体。

经过十七个小时的手忙脚乱，新桥顺利完工。眼见这样的本领，德军个个目瞪口呆。但且慢，还没测试呢！总司令一声令下，要卡车先行通过，一次一辆。又规定每辆卡车除了司机，还得乘坐两名厄多人。桥要是断落，厄多人也会跟着

[①] 墨索里尼的女婿。

掉进深渊。这座桥奇迹般地通过了测试,连德国军官也称赞这些飞行工程师的成就,并中止所有的报复行动。

可伦伯桥的故事,我已听过无数次,这一事件早已成为厄多人的共同记忆。可是,在每个人的心目中,也有对家人的个别回忆,会在某些时刻浮现。

仍将时间拉回1944年的夏末。秋天即将来到,我的爷爷在牛舍养了两头小母牛和一头乳牛。在我们山上打游击特别艰难,虽然武器和服装都不缺,但粮食严重不足。民众尽可能与游击队合作,但他们自己的资源已经耗尽了,每天饿得发昏。为了让家人重获自由,即使有点心不甘情不愿,还是将许许多多的家畜捐给那些勇敢的斗士。9月的某一天,几名游击队员来爷爷家的牛舍牵走两头小母牛。走的时候,抛下一句话,说下礼拜来牵那头老的。爷爷那时六十五岁。虽然他爱国爱乡,但也认定捐出两头小牛已经够多了,起码得保住老牛的性命,于是想出了一个伎俩。

在老婆的协助下,他在牛蹄的每根脚指甲上钉上十来根钉子,戳到肉里面。老牛受到这样的酷刑,痛得站不住,砰一声倒在地上。游击队员回来牵老牛时,见它躺在稻草堆上,问爷爷怎么回事。爷爷回答说,牛吃太多牧草,病倒了,现在发高烧,它的肉吃不得,因为吃了可能会被感染。游击队员觉得这不成理由,当场把老牛给宰了,悬挂起来,开始剥皮。剥到牛蹄时,露出一根根钉子。见事机败露,爷爷这下子再也没有借口了。要不是其中一名游击队员出来解围,说这个可怜人的弟弟已经在小帕勒殉难,两个儿子也上了战场,爷爷准会当场被枪毙。他们决定放爷爷一马，不过命令他去厨房为他们炸牛的心、肝和肺。用过晚餐后，游击队员向爷爷道谢，每人肩上扛着一大块肉离去。

每当我想起这些遥远的事情，脑中总会浮现同样的疑问：如果我活在那个悲剧的时代，会有怎样的表现？会加入战斗吗？会有勇气拿起枪械躲到山上的洞窟里、有勇气将我的牛只捐献给村人吗？天晓得，或许没有吧。勇气可不是随地就可以捡到的，也不是有利用价值的时候想使用就可以使用的，尤其不是用来残害那些手无寸铁的人的。不过，战争发生时我还没有出生，所有的臆测都站不住脚，猜也是白猜。

但是，我的那些村人，究竟是从哪里找到力量来抵抗敌人，忍受一切痛苦，而不至于绝望，仍然相信他们拥有美好的未来呢？这股力量，究竟是来自先天的遗传，还是受到艰苦生活的磨炼而逐渐培养的奋斗精神呢？

我想，凡是住在山上的人，就得不断地与大自然对抗。有些人做得到，至于做不到的人，只好放弃搏斗，一走了之。这就是自然淘汰的原则，而这个原则的重点就在于第十一诫：不可得过且过。这是我们住在山上的人家，在传统信仰的十诫以外，不得不加上的另一条诫命。无论处在怎样的景况，都要认真应付：在森林伐木、到山上打猎……只要住在我们山上，就会很快地学到这种精神。

第三部

攀岩之歌

年少往事

瓦琼谷地从科尔内托、且仁冬这两座高山起,到努多山南面岩壁对面的弗鲁尼亚山口(le Forcelle Frugna)和彬山(col de Pin)为止,一共绵延了好几公里。这个蜿蜒而荒凉的地区,在我心目中,一直是冒险与探索的最佳去处,既美丽,又神秘。自开天辟地以来,那里的自然景观就一直保留着起初的原始面貌。

我们从小就常去那里偷钓棕鳟,用一位好心的垂钓者送我们的钓钩和钓线。我们还去瓦琼河岸对面潮湿的丛林内捡蜗牛,那些蜗牛的壳是白色的,看来好像石灰岩卵石。丛林旁边的池塘内有青蛙,我们最爱去捉它们刚下的卵。往上一点弗鲁尼亚石屋旁的瀑布,也找得到青蛙。此外,这里还有羚羊、鹿、蛇、鸟窝、花卉。

瓦琼谷地喂养了许多厄多人的身体和灵魂,曾经是我心目中的育空地区(Yukon)[①]。那里面应有尽有,过去如此,现在

[①] 加拿大三地区之一,位于加拿大的西北部,资源丰富,过去曾引发淘金热。

亦然。你要是拿筛子去筛激流内的泥沙，我敢说一定可以筛出一些金沙来。

过了激流的大河弯，就是瓦琼谷地的尽头。这里有一处小台地，荨麻和赤杨漫生，卡尼雅木屋凄凉的废墟若隐若现。从前有一户做手工艺的人家，夏天住在这间木屋内雕制木器的雏形，秋天再搬回厄多的家，利用冬天完成。如果要我在世上选一个地方来度过我的余年，毫无疑问地，我会选择坐落在激流大河弯、皮诺峰、努多山之间的卡尼雅木屋，在它周遭的魔力及甜美哀伤、沉寂遗世的氛围陪伴下，安详地等候我在世上的最后一天。

1967年6月底，我再度去探索神秘的瓦琼谷地。那时我还不满十七岁，可是登山的热情已在我心中萌芽，也已探索过瓦琼谷地无数回。遇到路过的登山者，如果愿意邀我一起去，我就会加入他们的行列。那一天，我在瓦琼谷地有个奇特的遭遇。

我看到激流大河弯的左岸、通往木屋的斜坡下面，有个红色帐篷。夕阳从山谷和帐篷后方笔直朝地平面垂落，帐篷闪闪发光，宛如被火燃烧。两男一女坐在激流附近，正准备进食。那个女的特别惹我注目，她长得十分美丽，二十五岁左右，身穿泳衣，边细嚼慢咽，边做日光浴。我做个手势，向他们打招呼，在他们旁边坐了下来，好偷窥那个美女。我从来没有看过这么美的女人。不过也可能是因为当时的我太年轻了，阅历尚浅，不管是怎样的女人，在我眼中都很美。那三个人说德语,其中一个高高瘦瘦、戴眼镜、约五十岁的男子,还会说一点意大利语。从他口中,我得知他们来自德国。

我注意到帐篷后面有一些攀岩的装备,散落四处:登山索、岩钉、铁环、铁锤。原来他们要去登山!我的心跳不禁加速。直到今天,这一带还是难得出现登山客。我很激动,开始用一连串问题来轰炸他们,但几乎没有得到任何答复。我猜想可能是语言不通的关系吧,改用比手画脚的,做出攀岩的姿势,然后问他们要去攀登哪座山。那名瘦高的男子用手含糊地指着他们第二天的目标,原来是皮诺峰的北峰。另一名男子不太高,瘦得只剩皮包骨头,一头卷发,始终不说话,只会偶尔和那名女郎交头接耳,然后笑一笑,根本不屑看我一眼,令我相当不悦,恨不得揍他一拳。

我很想跟着他们去攀登皮诺峰的北峰,于是千方百计,想说服他们用登山索将我和他们绑在一起,但全都没有用。瘦高的男子虽然很有礼貌,但很固执地说不行就是不行。相反地,那名卷发男子则对我不断地侵犯他们的隐私,感到十分厌恶。我趁着一再拜托、一再被拒之际,又偷瞄了那个金发美女好几眼。但她连正眼也不瞧我一眼,好像根本不知道他们当中有个聒噪不休、厚颜无耻的讨厌鬼。最后,我放弃了,向他们道别,独自到破旧的弗鲁尼亚石屋过了一夜。

第二天,我从原路折返卡尼雅木屋,想看看那几名德国人的动向。谷地尽头大河弯旁的红色帐篷是个明显的路标。来到皮诺峰前面时,我拿起望远镜朝北峰眺望,很快就找到那两名登山客:他们即将抵达东面岩壁的入口,就在两座山峰之间的峡谷下面。我既羡慕又气愤,不过已经认命了。我一直用望远镜尾随他们的行踪,直到他们从一块黄岩石的后方消失。我火速地走到帐篷旁边。那名美艳的女郎正在全神贯注地洗锅子。我用手和她打了个招呼,然后继续往前走。要是换作今天的我,一定会停下来和她寒暄一番,不过当时的我还只是个稚嫩的樵夫,没有过和这种尤物独处的经验,根本不知所措。

过了10年,我和伊塔洛·菲力平从西面的岩壁攀登皮诺峰北峰。登顶后,我们找到了先锋、奥地利登山家格兰维(Viktor Wolf Von Glanvell)遗留的小锡盒。由于时隔多年,加上风吹雨打,小锡盒已经破旧不堪,也找不到他留在里头的纸条了。取而代之的,是另一张保存完好的纸条,那是我在瓦琼谷地遇到的那两名德国登山客留下来的。用墨水写着:"工程师沃尔夫冈·赫贝格(Wolfgang Herberg)以及赫尔穆特·埃本里特(Helmut Ebenritter)。1967年6月26日。皮诺峰北峰。从东壁进攻。"看着这张字迹优美的纸条,我不禁忆起10年前的年少往事,然后小心翼翼地将它放在口袋里,有如珍藏圣人的遗物。

命运安排我和工程师赫贝格又见了一次面。那是多年以后,在波代诺内招待所(il Rifugio Pordenone)内。当我和他握手时,并没有提起卡尼雅木屋的往事。我想,他大概已经忘了当年那个吵着要跟着他们去攀岩的小毛头长什么样子了。我们一起喝了一杯。后来,我再也没有见过他。

库吉到厄多

杰出的登山家朱里欧·库吉（Giulio Kugy）在他的著作《一位登山家的生平》(*Dalla vita di un alpinista*)中，提到他曾在19世纪90年代到过厄多，但没有注明日期。

库吉此行的目的是攀登杜兰诺山，由可靠的阿尔卑斯山高山向导安德烈亚·柯马克（Andrea Komac）作陪。过去，库吉有好几回从自己家乡的山峰遥望厄多这座山。最令他心动的一幕，是他和登山家日格蒙迪（Zsigmondy）从克里斯塔洛群山（il Gruppo del Cristallo）眺望杜兰诺山笼罩在迷雾中、从地平线消失的景象。库吉对属于我们的杜兰诺山，如此描述："从多罗迈特群山中浮现。想接近它，得好好规划，长途跋涉。有关它的传说很多，和邻近的普瑞提峰（Cima Preti）一样。我总觉得好像曾在遥远的梦中听过这两座山的名字。"

库吉生过一场大病，病愈之后，决定去征服杜兰诺山。1892年夏天，他带着信任的高山向导柯马克启程，途经科内利亚诺（Conegliano）、维托里奥·维内托（Vittorio Veneto）、圣克罗切湖（il Lago di Santa Croce）、皮亚韦谷等地，来到隆加罗内。从这里，两人再取道专为木炭工开辟的陡峭小径，抵达厄多。

他们寄宿在一家兼营酒馆的客栈"白色黑唱鸫"（Merlo Bianco），因老板在小鸟笼内养了一只患有白化病的黑唱鸫而得名。老板名叫安东尼奥·菲利平·多里齐（Antonio Filippin Dorizzi），那年，他的儿子彼得刚出生，后来继承父业，接管这家客栈。安东尼奥有眼不识泰山，不知来客是鼎鼎大名的登山家，警告两人说杜兰诺山很难爬，建议他们在当地找一位经验老到的高山向导。库吉要老板放心，保证他和柯马克独自就可以胜任。但安东尼奥摇摇头，不太相信两人的登山技术。

不一会儿工夫，考验就来了。

厄多的路非常陡，路上又铺满了光滑的小石子。"白色黑唱鸫"的客房位于酒馆附近、一条陡峭的小径尽头。老板提着路灯，陪两名客人步行到客房休憩。库吉和柯马克因为穿着钉鞋，行动不太方便，加上雨天路滑，不小心滑了一跤，双双跌坐在地上。

"还说要去爬杜兰诺山！"安东尼奥吼道，"你们如果连路都不会走，还爬个什么鬼！"这话一说完，立马跑到全名叫莫罗·萨尔托尔·马如弗（Moro Sartor Marùf）的高山向导的家，拜托他第二天陪两个"门外汉"去爬杜兰诺山。"免得他们去送死。"他直率地说。

到了这个地步，库吉和柯马克只好摆出一副笑脸，欢迎这位新向导。第二天一大早，两人在厄多向导的带领下出发。当他们来到杜兰诺山中央的深谷，开始攀爬高难度的路径时，萨尔托尔不相信两个外地人的能力，只顾着自己绑上绳索，边嘀咕着："我自个儿爬上去就好。"

库吉厉声斥责道："真丢脸！真正的向导，只要有点尊严，绝不会丢下游客不管。要么，一起上去，要么，通通都别上去。"厄多向导只好打开绳结，嘴里嘀嘀咕咕的，然后，如库吉在书中所形容的，"既踌躇又谨慎地"尾随着他们登上山峰。

这位卓越的登山家显然对萨尔托尔没有好感，否则也不会在厄多之旅的文章中，出现这样的结尾："我已经不记得这位向导的全名了，只记得他叫萨尔托尔。"

蒙塔纳亚谷尖峰忆往之一：奇妙的邂逅

15年前，北披·佩莱格里浓（Bepi Pellegrinon）打电话给我。他是个保守派的登山家，也是个谨慎却多产的出版商，专出山岳题材的书籍。说他谨慎，是特别指选题、挑选作者，以及版面设计——总是那么典雅、严谨而高贵。他对我说，想和我一起去爬蒙塔纳亚谷尖峰（Campanile di Val Montanaia），而且想取道南边那条路径。

他在多年前已爬过这座"不合逻辑的山峰"，这次算是旧地重游。或许是想重新体验旧日的心情与神秘的气氛（凡是爬过这座三百米高、状如火箭的尖峰的人，都尝过那种滋味），也或许是怀念那遥远的年轻岁月，当时我俩都比现在敏捷一点、狂热一点，一头就栽进登山探险的活动，不会想太多。

接到电话时，我只听过他这个人，还没见过面。我曾在几本山岳书籍中看过他的肖像，其中印象最深刻的一本书，主题是奇韦塔群山（il Gruppo del Civetta），他几乎以那里为家。

为了认识他，更为了和他一起去攀岩，我取消了先前排定的行程。我们很快就把日子定好。那段时间，我经常和一个天赋异禀的年轻小伙子去攀岩。他名叫乔瓦尼·帕多万（Giovanni Padovan），个小体轻、身体绷得像弓那么紧，正是适合攀岩的体格。他来厄多还有另一个目的，那就是发挥他的另一项天赋：雕刻。我们过去经常交换创作的点子和雕刻的计划，给彼此建议，如今他已小有成就。我邀请这位年轻朋友和我们一起去爬蒙塔纳亚谷尖峰。

约定那天，我们搭车来到波代诺内招待所，再取道一条陡峭的山路，走了约两个小时，就来到攀岩路径的入口。我们系上登山索，准备出发前，我扫视了一下上方，看到前面有两个也系着绳索的登山客。他们位于路径三分之一处，动作慢吞吞的。我猜想我们可以追上他们，果不其然。我边爬还可以边观察在下面的佩莱格里浓的一举一动。尽管他已好久没爬山了，也发福了，但技术仍然十分精湛。过了约半个小时，我们赶上了前面那两个人。原来他们是从米兰（Milano）来的，因为对该路径不熟，动作才会那么慢。我们决定一起行动。

途中，其中一个米兰人问我关于不同路径的种种信息，从尖岩、每一面岩壁，一直问到顶峰。我一一向他说明，对阿蒂利奥·蒂西（Attilio Tissi）在北壁所开辟的路径说得特别详尽，并大加赞扬。这条路径虽然短，难度却很高，尤其是前面的路段。蒂西是史上最伟大的登山家之一，1959年在一条小径上不幸意外丧生。

佩莱格里浓听到我们提起蒂西，也和我们闲聊起来，分享了好几个蒂西的轶事以及他对蒂西的回忆。佩莱格里浓边和我往上攀爬,边聊着这位传奇人物,两个米兰人则竖起耳朵在一旁聆听。我们一行五人就这样你一句、我一句,顺利地登顶。

下坡时,刚刚不断发问的那个米兰人,又问我蒂西开辟的路径到底从哪里开始。我先以坐式垂降法下降了一大段路,来到小台阶上抽烟,再移到右侧,向他指出这位大登山家所开辟的路径的确切起点。然后,我亲身向他示范怎么通过最艰难的路段——主要的动机,其实是为了炫耀,倒不是真的想提供完整的信息。就在这时,其他人也追上了我们,现在五个人都到齐了,一起蹲在小小的台阶上,追忆这位过世的登山家的伟业。我不停地歌颂蒂西,在我眼中,他是一则神话、一个楷模。他为人谦虚而清高,有口皆碑。伟大的登山家何其多,好比赖因博尔德·梅斯纳尔(Reinbold Messner)、沃尔特·博纳蒂(Walter Bonatti)、里卡尔多·卡辛(Riccardo Cassin)、斯皮罗·克西迪亚斯(Spiro Dalla Porta Xidias)等等,却没有一个人可以取代蒂西在我心目中的地位。

那天,我在北边的高地上断言:蒂西在蒙塔纳亚谷尖峰开辟的路径,比他在奇韦塔群山的布拉班特尖峰(il Campanile di Brabante)开辟的那条更难攀登。佩莱格里浓对我的话存疑,但当他仔细地看了那滑不溜丢的岩壁后,终于同意我的看法。那两个偶然邂逅的同伴听着佩莱格里浓和我对蒂西的赞美,不表示任何意见。不过,我注意到爱发问的那个人一直拿着相机,猛拍蒂西在20世纪30年代和三个朋友一起探索过的岩壁。拍完后,他搁下相机,对我坦承他很想取道那条路径攀爬一次。

"我们这就去！"我提议。

"现在？不行。"他说，"我的手臂锻炼得还不够壮，不过，如果你肯陪我，我明年会来，我们一起去。"

"一言为定，"我做了结论，"那就说好明年夏天。"

在同一处岩壁上还有几条难度较低而且更值得一试的路径，但他偏偏只对这条高难度的路径有兴趣，不禁引起我的好奇。我问他为什么。这个约莫四十五岁的男人在回答我的问题之前，以严肃的神色正视着每个人，然后缓缓地、有点腼腆地说："蒂西是我爸爸。"

我们听了都愣住了！和我们一起攀岩的，竟然是伟大的蒂西的儿子！不消说，回到招待所后，我们为这次的邂逅大肆庆祝了一番。

过了几天，我收到一封从米兰寄来的信，里头附了一张大伙儿登顶的合照。背面题有这么几个字："寄得有点晚。"

亲爱的小蒂西，你要是有机会读到这篇文章，可别忘了我们在你老爹的路径上的约定。或许，佩莱格里浓将会和我们一起去。

蒙塔纳亚谷尖峰忆往之二：尘封往事

2002年9月17日，是奥地利登山家格兰维和萨尔（Karl Günther Von Saar）首次攀登蒙塔纳亚谷尖峰的100周年纪念日。

我也上过蒙塔纳亚谷尖峰的顶峰无数次，大概有一百六十次吧。我说大概，是因为计算的结果被我丢了……不，应该说是被我毁了。我没有在小册子上做攀岩记录的习惯，但会将每年的月历保存下来，上面注明哪一天攀登了哪座岩壁、开辟了哪条新路径、迁移等重要纪事，总之，什么都有一点。可惜，在一个混乱的夜晚，一杯酒下肚后，我非但不觉得快活，反而感到十分沮丧、挫败异常，于是将月历连同童年的照片、结婚照、登山照，还有一些旧情人的照片等等，统统扔进"阿尔提克"（Artic）——那是一种铸铁的暖炉，一开动，什么都不放过。记录着我过去的一切，就这样被烧个精光。那天晚上，我甚至想把自己也给烧掉。今天的我，对那把既无益又愚蠢的火感到懊悔。但逝去的永不复返，只能从余烬中重新出发。

我在蒙塔纳亚谷尖峰上认识了许许多多的人。有些是举世闻名的登山家，不过大多是没什么名气而低调的凡人，有几个自以为是、笨手笨脚、与众不同的，还有一些怪胎。1968年遇到了传奇人物赖因博尔德·梅斯纳尔，和几个慕尼黑攀岩学校的学生一起来。他们在顶峰旁若无人地谈笑风生。我不敢和他打招呼，因为他实在是太出名了。后来，还遇到过里卡尔多·卡辛和他的儿子皮耶兰托尼奥（Pierantonio）以及加斯东·雷布法特（Gaston Rébuffat）、拉斐尔·卡莱索（Raffaele Carlesso）等人，不胜枚举。

有些人由于年迈或体弱的关系，无法攀岩，只能留在山脚，满怀感情、感激，以及一点怀念的心情，仰着头眺望顶峰。我曾在这座"不合逻辑的山"顶峰协办过一场婚礼以及三场弥撒。其中两场是由我的朋友登山家兼神父伦佐（Don Renzo）主持的。如果他愿意，我真想再邀请他主持更多场。

有一回，我和伊塔洛·菲利平准备攀登第无数次的"化石噪岩"——这是的里雅斯特登山家纳波莱奥内·科齐（Napoleone Cozzi）为蒙塔纳亚谷尖峰取的别称。我们在出发前遇到两个三十来岁的俏妞儿，也想登顶。我看得出来她们有点犹豫不决，就建议大伙儿用登山索绑在一块儿，一起行动。攀登时，我规规矩矩的。最后，我们平安地登上目的地。晴朗的天空衬托着顶峰，这时，一位小姐向我们坦承她们是修女。我心想，还好！刚刚一句脏话都没出口。我记得她好像是贝加莫（Bergamo）人。

还有一次，我陪一位八十一岁高龄、一百九十厘米高的德国人爬上去。他说得一口绝佳的意大利语,原来已经在佛罗伦萨教了半个世纪的音乐了。他拜托我爬慢一点,我想到他的年纪,于是放慢脚步。在峰顶握过手后,他坦然告诉我,心脏装了五条心导管。从那刻起一直到我们回到招待所,我都小心翼翼地对待他,有如捧着一只水晶玻璃杯。

多年前和记者罗利·马尔基罗利(Rolly Marchi)一起上去那次,最为精彩。罗利曾答应贝卢诺的作家迪诺·布扎蒂(Dino Buzzati)一起去爬这座状如火箭的巨岩。几年过去了,布扎蒂已经离开人间,罗利也因为诸事缠身,一直无法前来奇摩里亚那谷地(Val Cimoliana),但他一直惦记着对贝卢诺作家许下的诺言。有一天,他开着一辆外形有如宇宙飞船的跑车到厄多接我。他在险峻的岩壁上砍下一根树枝,用来当拐杖,好助他一臂之力——说来真不可思议,他那时都快八十岁了呢。我原以为当作拐杖的树枝一用完,就会被他扔掉,没想到回程时,他竟然将拐杖存放在车内的行李箱。前不久,他还告诉我,至今仍像宝贝般将它收藏在家里,以纪念那美好的一天。

那一天,老罗利徒步走到攀岩路径的起点那段路时还觉得有点吃力,可是,等他双手一抱住岩壁,速度就变快了,好像变成另一个人似的,如一只小秃鹰盘旋升空。他以优雅的姿态以及谨慎的登山家一向有的缓慢而准确的步调,前进了约两个钟头后,成功登顶,一举敲响上头的钟。他终于履行了对布扎蒂的承诺。

另一回,我和友人詹尼·卡洛(Gianni Gallo)带着他刚满六岁的儿子米尔科（Mirko）一起上去。我相信这孩子是登上蒙塔纳亚谷尖峰的人当中，年纪最小的。

根据传说，恋人要是一起去爬这座"化石噪岩"，一抵达岩棚，必须绕着环状的岩棚完完整整地跑一圈，如此一来，他们才能永浴爱河。但万一这么做，两人终究还是吹了，他们就必须回到上面，朝反方向再跑一圈，否则，他们在分手后将会心痛一辈子。年轻时，我经常带着女生到岩棚上绕圈圈，好维系我们的恋情。但还是维系不了。她们最后总是把我给甩了，嫁给根本不知道蒙塔纳亚谷尖峰在哪儿，甚至不知道有这玩意儿存在的男人。

我攀登蒙塔纳亚谷尖峰的理由，还包括拍摄一部纪念首次攀岩百周年的影片。那次和我一起上去的，还有卢卡（Luca）。卢卡是个十岁的小男孩，聪明绝顶，是登山向导托尔梅佐·托尼（Tolmezzo Toni）的儿子。卢卡在顶峰上敲钟时，我告诉他，到了山顶，哪里也不能去，只能往下走。但愿他在奋发向上、攀登人生巅峰时，能记得这句话。小男孩听了，静默了好一会儿，似乎在认真思考我说的话。卢卡和我向其他同行的人道别后，我们一起面对着蒙塔纳亚谷尖峰，我提醒他：自从那两位先驱首次登顶至今，已经过了一个世纪了。

我边说边看着眼前的巨岩，它似乎在向我埋怨："是啊，这100年来，我再也不得安宁！"

蒙塔纳亚谷尖峰忆往之三：被迫取消的约定

为了纪念并庆贺首次攀登蒙塔纳亚谷尖峰一百周年，我想到一个好点子：描述一系列在这座神奇而迷人的尖岩上所发生过的种种逸闻、回忆、事件、邂逅。

有的记事倒不一定发生在那上面，而是在附近。有一回，我在佩鲁吉尼（Perugini）营地一带瞥见一个男人，打扮得像新郎官似的：身穿一套黑西装和白衬衫，打领带，脚上穿一双擦得亮晶晶的黑皮鞋。他想去攀登蒙塔纳亚谷尖峰，他还以为这很容易呢！我觉得这完全行不通，好说歹说地劝他打消这个疯狂的念头。最后，我发誓一定会找一天陪他上去，他才肯罢休。离去时还发了一些不知所云的牢骚，好像在生气。

斯皮罗·克西迪亚斯生于的里雅斯特，是位杰出的登山家和攀岩家，同时也是专门研究蒙塔纳亚的历史学家。我们刚认识的时候，他已经快八十岁了。我们约定一起去爬这座"不合逻辑的山"。

"或许这是我的最后一次呢。"斯皮罗说。

尽管膝盖有毛病，他还是经常练习。这位老朋友想做好周全的准备，于是我们先一起去厄多的攀岩练习场操练了几次。我们约在10月的某一天出发。终于等到那一天，却下起雨来，而且一下就是一整个月，谷地几乎被水淹没。雨停以后，天气变冷，冬天来了。我们决定延到第二年。但新的一年对斯皮罗并不怎么和善。一些病痛——有的相当严重——使我们一起去攀登蒙塔纳亚谷尖峰的美梦化为泡影。

我和好友拉斐尔·卡莱索的约定，也被迫取消。他攀岩的成就非凡，在世界登山史上写下新的一页。这次是由于外在环境而取消，我感到非常遗憾，因为和伟大的"比里"（Biri）一起攀岩的良机，就仅有这么一回。

那一天，我踩着沉重的步伐前往佩鲁吉尼营地，想再度欣赏那该死的"化石噢岩"。所有的目光都集中在它身上，相形之下，四周的群峰就显得平庸了。半路上我看到一个男人以快速的步伐前进。我认出他就是"比里"。我们边走边聊。突然，他告诉我说想去爬蒙塔纳亚谷尖峰，但既没带登山索，也没穿登山鞋。

"你要是有登山索，"他说，"我们就一起上去。"

真不巧，那一天我的背包内没放登山索。我原本只是来这里散步的，观赏五彩缤纷的森林。11月，天气就要变冷，我根本没想到带着登山索去闲逛。我答应"比里"明年夏天再一起回到这里。他笑一笑，口里吐出几个字，听来哀伤的成分大过讥讽，说什么时间不会等人，有事就要赶快做，一年年累积下来，他现在已过了八十岁云云。我们停下脚步来观赏蒙塔纳亚谷尖峰，直到太阳快下山，才一起爬回山谷。当我们在招待所附近抽烟时,空气中笼罩着萧瑟的寒气,仿佛在告诉我们:夏天已经成为回忆。四下无声,微风徐来。一棵年轻的桦树上还残留着几片叶子,有如停在枝头上的蝴蝶。一只懒洋洋的老鹰,羽毛一动也不动,随风升到高空,接着,或许是因为寂寞,也或许是因为想念它的森林,又如石头般朝着地面上的一棵落叶松俯冲而下,然后叠起双翼,在枝头上栖息。

卡莱索看着它,说道:"这样不会伤到它的膝盖。"这让我想到,鸟类即使上了年纪,还是照常飞得很好,还是能以高雅轻盈的姿态与十足的活力,在空中翱翔。人类却没有办法。不过,鸟类仍然免不了衰老与死亡。那只鹰已经老了,从它翅膀下的白斑就看得出来,寿命大概没剩多少了。不知道为什么,在这世上找不到老死的鸟类。或许,当它们自觉死期近了,就躲在深谷中或冲进海里吧。

佩鲁吉尼营地和山下的波代诺内招待所之间,有一小段崎岖不平的石子路,约一米半长。为了能顺利走过去,卡莱索得用手扶着一根树枝。等他踏上平坦的路段后,说道:"以前我走到这里,像只羚羊一下子就跳过去了。爬山也是两三下就到了。"他又加了一句:"岁月使我们的动作越来越不灵光。"

我何尝不是如此呢?我也老了,膝盖支撑不了我的重量,也得抓着树枝。想着想着,我不禁感到一阵哀伤。我想,人要是活得够久,迟早都得扶着什么才行,如果没有这个必要,那表示死得太早。这两种情况都很可悲,不过相比之下,我认为前者还是比较命好。

卡莱索和我在招待所附近分手后,有人开车来接他。后来,我们又见了几次面,不过总是在所谓的正式场合。当他获颁大狮奖(il Premio Leone Magno)时,我和他以及其他受邀者在奇莫拉伊斯共度了一整天。在场的还有他的好友皮耶罗·马尔佐托(Piero Marzotto)。还有一次,是在波代诺内招待所的登山集会,我们聊到峭壁的种种话题。我至今还保留着那天我俩的一张合照,对它非常珍惜。最后一次,他向我道别时,说了一句:"蒙塔纳亚谷尖峰就交给你了。"

过了好几年,有一天我打开报纸,看到他去世的消息。20世纪一位伟大的登山家走了!但比起大登山家的头衔,我更怀念他的诚实与谦卑。

蒙塔纳亚谷尖峰忆往之四：萨尔的爱女

10年前的9月，波代诺内意大利山岳协会举办过一场登山活动，以纪念奥地利登山家格兰维以及萨尔首次攀登蒙塔纳亚谷尖峰90周年。活动的宗旨是借着集会讨论、追念往事，向来自阿尔卑斯山另一头这两位英勇的登山家致敬。

这一天，好几位与蒙塔纳亚谷尖峰颇有渊源的登山家应邀前来见证，有年轻人，也有老人，有赫赫有名的人士，也有默默无闻的小人物。众人在奇摩里亚那谷地的波代诺内招待所集合——这里正是攀登"化石嗥岩"的起点。活动内容还包括一段徒步长征，目的地为尖岩的山脚。

才不过几天前，我和登山家亚历山德罗·戈尼亚（Alessandro Gogna）在蒙塔纳亚谷尖峰的东壁开辟了一条高难度的路径，并达成共识，将它取名为"90周年路径"。出发前一天，我和一群风趣的家伙在招待所畅饮了一整个晚上，幸好第二天我们顺利地走到终点，除了过程中跌了几跤，而且渴得要命以外。

庆典那天，在奇莫拉伊斯的玛格丽塔客栈（la Locanda

Margherita）主人斡旋之下，图利奥·特里维桑医生（Dott. Tullio Trevisan）得以亲赴萨尔茨堡（Salzburg），邀请到其中一名征服者萨尔的爱女爱菲里蒂（Elfride）前来共襄盛举。当我和这位有教养而慈祥的长者握手时，内心十分激动。她的年龄和风范令人忆起昔日的奥地利。透露她的年龄或许不太妥当，但为了强调爱菲里蒂那天完成了怎样的壮举，我不得不这么做。已逾八十六岁高龄的她，以出乎意料的高超技艺与灵巧的身段走完全程，直抵她父亲生前多次颂扬的那座尖岩的山麓。

到了起点，也就是90年前她父亲和格兰维出发的地方，爱菲里蒂欣喜地抚摸着那块岩壁。她仰起脸来眺望山峰——两位先驱因为征服了它，而得以在世界登山史上写下璀璨的一页。爱菲里蒂虽已年迈，却还很健康而又神采奕奕。身材高挑而消瘦，那对碧蓝的眼睛显得既温柔又狡黠，更透露出她漫长一生的种种：痛苦、失望、胜利、挫败、喜悦，还有对某件难忘的美好往事的悲欢情怀。那一天，爱菲里蒂在那里流下一颗感怀的泪珠。

亚历山德罗·戈尼亚和我穿着两位先驱当时的服装，灯笼裤、斜纹厚棉布夹克、碎布拼成的登山靴，带着登山专用麻绳，重新踩在他们在90年前开辟出来的路径上。受邀者众多，包括卡莱索、凯基·马达莱娜（Chechi Maddalena）、北披·法詹（Bepi Faggian）和吉诺·马尔基（Gino Marchi）。

在佩鲁吉尼营地举行过弥撒后，我们慢慢往下爬，回到招待所，继续庆祝活动。在几位临时口译耐心的协助下，我得以和爱菲里蒂交谈。我向她表达对她父亲和格兰维的景仰，对两人在1902年9月17日首次在"化石嶂岩"印上人类足迹的壮举表示敬佩。接着，我厚颜地向她透露很想拥有她父亲的登山遗物当作礼物，什么都好，像安全钉、一小段登山索、登山靴、岩钉钢环，或任何微不足道的东西。这位女士面带微笑，让我明白绝不成问题，并且还透过临时口译告诉我，她也很乐意将父亲的一把斧头送给我。想到能拥有萨尔的斧头，我真是喜出望外！她在招待所留下地址和电话号码，说只要我乐意，随时可以去萨尔茨堡拿我想要的遗物。我向她承诺说，她很快就会再见到我。

但我们也知道，诺言经常是不可靠的。或许因为懒，或许因为一再延后，也或许是因为舍不得离开未开化的家乡，于是，连那段不过三公里远的旅途，竟也成为一种沉重的负担……总之，过了10年，我仍然没有履行诺言去萨尔茨堡见爱菲里蒂女士一面。

近傍晚时分，几杯酒下肚之后，我和爱菲里蒂在手风琴的伴奏下，在招待所的庭院跳起舞来……不，应该说是她跳，我则像个矿工在满是小圆石的地上蹒跚移动。到了晚上，我们互道珍重。波代诺内意大利山岳协会派人陪着爱菲里蒂女士搭乘火车，返回她的祖国。

2002年9月17日，我们再度庆祝蒙塔纳亚谷尖峰的首度攀登，这次是百周年纪念。10年光阴倏地飞逝！曾经参加过90周年纪念的一些人士，已经不在了。卡莱索、马达莱娜、马尔基、法詹，还有一些我已记不得的人都已经离开人间。

或许，想将父亲登山专用的斧头送给我的爱菲里蒂，也已不在人间了吧。图利奥医生告诉我，已经有 3 年没有收到她的回信了。也可能还活着，只是提不起笔来写信罢了。果真如此，我怀疑她是否还有能力重返旧地。

真想再看看她那双碧蓝的眼睛。但我相信，这已经是个遥不可及的梦想。

奇迹

在我漫长的登山历险中，有好几次奇迹般从死里逃生的经历。人生在世可以活多久、拥有多久好运道，想必是命中注定的吧，否则，怎么解释有人只犯了一次小小的错，就赔上了宝贵的性命，有人犯了好几次致命的失误，却还活得好好的呢？我曾经遇上一场雪崩，被拖行了两百米，死神没向我招手；我的一个友人，却在同一场雪崩、同一个地点中送命。我曾经在五百米的高地随着从山上断裂的冰块摔落，只造成轻微的擦伤。有好几回我从岩壁上摔下来（错全在我），只受了一点伤，而命，是保住了……

不过，最最惊人的奇迹，发生在普瑞提谷（Val dei Preti）的悬崖上一条新辟的攀岩路径。我当时和友人卡拉图（Carratù）在一块儿。当我们来到距离顶峰八十米处，一块往外凸出的巨岩挡住我们的去路。我钉上一枚安全钉，越过了障碍之后，却惊讶地发现路径滑得像大理石，坡度虽然只比先前略微陡一些，但前进的难度剧增。不久，我在离我四米高的地方发现一处裂缝，心想——不，是确定——可以钉入钉子。我像只猫蹑手蹑脚爬向这道裂缝，好不容易来到裂缝旁，钉子却穿不进去。我开始恐慌起来。

多亏多年的经验，我做了个深呼吸，恢复平静。我向上张望，看到了一大片攀岩的立足点。我再度像猫一样蹑手蹑脚爬向远方那个希望的所在。虽然才十五米，但感觉却像好几公里那么长。我不能停下脚步，否则就会掉下去。我抱着死不远矣的念头拼命往上攀爬。在我下头三十米的地方，是一块岩棚，我要是一个不小心掉下去，准会没命。等到我气喘吁吁地来到那片以为很大的立足点，才知道根本不是什么立足点，不过是脆弱易碎的风化岩块罢了。以前我也遇到过几次类似的情况，担心已经死到临头。我循着岩石路径东张西望，看看哪里有裂隙可以让我钉入救命的安全钉。但什么也没有，岩壁全都是又光滑又坚硬。这时，我的手指也快没力气了。眼看着自己就要往下掉了，我对卡拉图大吼，要他留神。

就在这个节骨眼儿，奇迹出现了。一个小洞！就在我的鼻头前方，出现了一个直径如圆珠笔般大小、很深的圆形小洞。它的形状是如此完美，简直就像是用钻孔机钻出来的。就在力气即将用尽、全身颤抖之际，我将固定在登山工具袋上的钢钉钉进小洞内，腰际系着一条三十厘米长的绳子，接着张开双手，将自己吊在这枚小小的钉子上。我休息了一会儿，努力平息内心的恐惧。等恢复力气与掌控力之后，再继续往上攀登了几米，将一枚救命的钉子牢牢地钉进去。啊！终于摆脱了困境。

但多吓人呀！我向友人叙述这场历险记时，每个人都说，或许是起初过于害怕，以至于没有注意到这个小洞。但小洞一开始的确不存在，我曾经仔细地搜寻，对这一点相当有把握。小洞的的确确是后来才出现的，只因为慈爱的上帝想要送我一个礼物吧。

神秘的第六感

我们一生总有几次会听到细小的声音，告诉我们厄运即将打击我们、致命事件就要临头。这是一种奇怪的感觉，很难说出个所以然来，也很难聚焦，将它辨识出来，一探究竟。我姑且称之为神秘的第六感。

由于我们解释不出这个令人不安的信息，不能理解这种一反日常生活规律的声音有什么意义，因而忽略了它的存在，不予理会。这就不对了。当它来临时，还是小心为妙。不过，别把它和其他东西混淆了，好比平日对生存的恐惧、对能否活命的不安，或是出于一己之私的自我保护。后者是一种病态，缘于对自己的爱太多，对他人的爱太少。

神秘的第六感是严肃的，是我们的救命恩人，事先没有任何信号，就突然出现。它令人胆战心惊，即使是在炎热的7月天，我们的骨头也会不寒而栗。随之而来的，是些许的不安与害怕，觉得危险就在附近徘徊。接着，是强烈的哀伤，仿佛再过不久，我们就得和这个世界永别。

细小的声音有时会劝我们取消某项计划：旅行、远足、交易、晚餐邀约等等。远方有人在看顾着我们，事先警告我们，或许是已不在人间的亲友、小天使、上帝，也或许是他们全部。我不知道，我只知道今天的我还活得好好儿的，得感谢那些声音，那种能事先预料到危险将至的神秘的感觉。

经验老到的登山家老是不把神秘的第六感放在心上。为了达到目标，故意忽略它的存在。我却不一样，常在拎着登山索来到某块岩壁下面后，放弃攀岩的计划。"今天不行，"我自言自语，"今天有什么东西不太对劲。"不一会儿，果真从那儿坠下一大块岩石。但是，当你接收到神秘的信息，怎么向特地请假陪你登山的伙伴解释？你要是告诉他："喂，听好，今天我不行，总觉得哪里不太对劲。"你猜接下来他会说什么？说你胆小。我的确遇到过这种事。

对细小的声音不在意，等于是对天上的守护者不尊重。幸好，有好几回，与我一起去探险的伙伴够敏锐，也有同样的感觉。有一年的严冬，我和友人毛里齐奥（Maurizio）一起动身前往奇摩里亚那谷地，去攀登一座结成冰的瀑布。那是一座巨大的冰柱，高八十几米，悬挂在布瑞葛里内（Bregoline）的岩壁上，位于弗拉西尼谷地的对面，离马路不远。我们绑上登山索，穿好登山鞋，手持冰斧。第一段路程由我领头，但我却犹豫不决。不知怎么的，我感到十分哀伤，好像再过不久，就得和子女、友人，以及这个世界永别了。"我们离开这里吧，"我告诉毛里齐奥，"我办不到，找个简单一点的。"友人尊重我的选择。我们在路上走了不到三百米，就听到一声轰然巨响，整座冰柱突然塌陷、粉碎。几分钟前我俩所站立的谷地，顿时堆满了冰块。我们吓得说不出话来，无法对这个意外发表任何感想。

我攀登蒙塔纳亚谷尖峰时，被神秘的第六感救过两次。第一次，我和科尔代农斯（Cordenons）的友人安德烈亚（Andrea）在一块儿。刚下完雪，我俩都很想去爬这座尖岩。第一段路程由友人领头，第二段轮到我，但我却迟疑不决。蒙塔纳亚谷尖峰我少说也已攀登过上百趟了，那天却不知道在怕什么，我停下脚步静候。就在这一瞬间，一块衣柜般大小的岩石从峰顶坠落，发出俯冲的轰炸机般的嘶嘶声，正好在第二段路程的起点断裂开来，碎石块四处扫射。我要是离开等候的地方，准会没命。

第二次，我人在托索法詹（Toso-Faggian）路径的北壁。如果没记错，当时是和贝卢诺的友人桑德罗（Sandro）一起攀岩。第一个休憩点下面约一米处，突出一块吧台般大小的石板，数以百计的登山家曾经将自己悬吊其上，以便抵达休憩点，包括我自己在内，也有几十次经验。但是，那一天细微的声音警告我止步。我有一种预感：如果碰了那块石板，就会往下掉。因此不敢去碰它，我一靠近，立刻绕到石板的右边，同时建议桑德罗照着做。等我俩爬到石板的上方后，出于好奇，我用右脚尖轻触石板，测试一下有多稳。我的动作轻得肉眼几乎察觉不出来，但石板竟然轰然一声往下坠落，裂成碎片。

神秘的第六感并不会在每次危险临头时就出现，好救我们躲过一劫。要是这样，事情就太容易、太好办、太棒了。这种事发生的频率其实少之又少，但一旦听到这种声音，务必要辨识出来，同时以谦卑的心去响应它。

挫败记事：引言

在文学的天地里，并不存在真正的、发展健全的山岳文学。这块园地还不曾出现过诸如古代的荷马（Homer）[1]，近代的康拉德（Joseph Conrad）[2]、梅尔维尔（Herman Melville）[3]、史蒂文森（Robert Louis Stevenson）[4]，或是现代的海明威（Ernest Miller Hemingway）[5]之类的大文豪。除了马里奥·里戈尼·斯特恩（Mario Rigoni Stern）[6]、托马斯·曼（Thomas Mann）[7]，以及一些我不记得名字的作家以外，以山为题材写作的，几乎都是登山家。

登山家的书写往往只谈他们自己，局限在个人的事业、攻克的山峰。他们将山贬谪到私人游戏的平凡境地，写的尽

---

[1] 古希腊吟游诗人。
[2] 英国小说家，1857—1924。
[3] 美国小说家，1819—1891。
[4] 苏格兰小说家、诗人，1850—1894。
[5] 美国大文豪，20世纪最重要的小说家之一，1899—1961。
[6] 意大利战后最重要的作家之一，第一部小说《雪地里的军士》为现代意大利文学经典之作，1921—2008。
[7] 德国大文豪，1875—1955。

是自己的胜利。最糟糕的写作，就是登山家的自我膨胀、自我吹嘘：他们的探险，总是险象环生，而在摔了几跤，经历了受冻、焦虑、害怕，以及令人毛骨悚然的营地生活之后，最后的结局，总是在顶峰反败为胜。简言之，登山家总是赢家——起码在他们的文字中是如此。倒不是他们写的不是真相，除了少数几个例外，登山家通常都很诚实。但一味书写胜利，到头来，总会令读者厌烦。很不幸的是，这个风气至今仍然没有改变。

你们可曾读过登山家的文章，是在描述挫败的经历？就我记忆所及，应该没有，但我得坦承我读过的登山家著作并不多。我相信是有那么一两本描写败北的书，但属于自我嘲讽类。这原本是值得称赞的，不过我还是有点存疑。自我嘲讽难道不是自我歌颂的另一面，只是手段更加巧妙而已？岂不是借此在字里行间透露胜利的信息？那些少之又少有勇气描写挫败经历的登山家，老是将失败怪罪到恶劣的天气、脆弱的岩石、面临危机的伙伴、肚子痛等等，总之自己完全没有错。我也做过这种事，因而不能加以非难。我现在想做的，就是下定决心，写几篇我个人遭遇的挫败。

我们的好上帝要是赐我更多的时间，我倒真想将所有不光彩的经历写成一本书（但这么一来，得赐给我很多时间才写得完）。而光是叙述在高山上的挫败还不够，我还会谈到整个人生的挫败：感情、工作、运动的挫败，与邻居、子女、妻子、情人关系的挫败，以及抽烟喝酒所导致的挫败。不过，还是先从攀岩的挫败写起吧，因为这可能比较轻松一点。

好几年前的一个夏天，我和詹尼·卡洛以及伊塔洛·菲力平决定去攀登位于托罗群峰（Spalti di Toro）上那座同名的尖岩。当时我们三人都还很年轻。通往波代诺内招待所的公路常常塞车，因此我们决定改走另一条源自奇摩里亚那谷地的通道。

我们一抵达波代诺内招待所的院子，伊塔洛就用手指着格兰德大峭壁（Pala Grande）上方一座高高耸起、状如镰刀的细瘦尖岩，大叫："托罗尖岩就在那儿！"我们没有携带路线图，只带着登山索和岩钉，听同伴这么一指认，就跟着他往那个方向前进。我们花了半天的时间攀越峡谷、岩棚、隘口，有时会突然出现一些障碍，挡住去路。过了好几个关口后，终于抵达托罗尖岩的山脚。

我们从西侧进攻，因为这里的路径似乎比较好爬。伊塔洛说，他读到相关的资料，说这座尖岩的峰顶面积比一张桌子还小，因此警告我们到了上面要特别小心，别互相推挤或轻率行动。我听了这话，建议等靠近峰顶时分批行动，一次只一个人上去敲钟。那钟常年悬挂在峰顶的一个支架上。

一路上我们没有遇到什么大波折，攀岩的过程十分有趣，终于来到峰顶附近。最后的路段轮到我领头。当我两脚踏上顶峰时，吓了一大跳。谁说只有桌子般大小？这里宽敞得像间公寓，钟则连半个影子都没有。我什么话也没说。把朋友一个个拉上来后，他们相互对看，也是一脸错愕。

伊塔洛环顾四周，沮丧地低语："这里绝对不是托罗尖岩。"

詹尼呼应道："我也不相信这就是托罗尖岩。"

"那么我们究竟在哪里呢？"我对蒙受这样的屈辱十分光火，没好气地问。

"天晓得？！"两个同伴异口同声地回答。

我们利用双绳垂降法循着原路下山，经过好几个路段后，回到波代诺内招待所，垂头丧气地走进去。詹尼假装在看风景，一副若无其事的样子，很有技巧地向老板打听我们刚刚爬过的那座神秘的山叫什么。哎呀，原来是皮亚峰（Punta Pia）。

我们灌了一大桶酒来浇熄内心的困窘。过了两天，酒醒之后，我们重新出发去搜寻托罗尖岩。这次终于找到了：原来，它就坐落在皮亚峰往北几公里、另一个山谷内越过科尔代山路（Forcella le Corde）的地方。

由于这场挫败，我们在无意间开辟了一条新路径，可通往另一座美丽的尖岩。为此，我们还颇为得意呢……写到这里，我突然明白一件事：虽然一开始想写挫败的经历，但写到最后，说穿了终究还是一场胜利。

唉，我还差得远呢。

挫败记事之一：骄者必败

1973年夏天的某一天，我和詹尼决定去攀登蒙塔纳亚谷尖峰，我们计划沿着托索法詹这条路的北面岩壁进攻。我向来过于骄傲，有时简直到了愚蠢的地步，而那一次，更因此而付出惨重的代价。

我的骄傲表现在一个死硬的原则：不论遇到什么困难，得自己设法解决，绝不接受别人的帮忙，也不听从别人的忠告。那天，我和詹尼两人双双抱着"懵懵懂懂去冒险"的态度，没有携带《贝尔蒂登山指南》(*Guida Berti*)——那本书上清清楚楚地标示出路径的起点在哪里。不只如此，基于"贵人靠自己"的原则，从家里出发前，我们连打开指南参考一下都不屑。

天一亮，我们坐着朋友的车，动身前往奇摩里亚那谷地的波代诺内招待所，再从那里爬一条上坡路，爬得很吃力——其实不是什么路，而是一堆碎石头，既陡峭又难走——好不容易来到尖峰的山脚。北面岩壁攀登路径的起点位于一处台地，问题来了：该怎么去台地呢？詹尼和我只知道格兰维和萨尔所开辟的一般路径的起点在哪里。台地就在我们上方五十米的地方，我们开始找通往台地的路。我们的目光不经意地沿着一条溪谷往前移动，最后停留在一处凹地，那里正是双绳垂降法的终点。詹尼抬头仰望山的左侧，就在上方约十米处，他瞥见岩壁钉了一根生锈的钉子。

"那里就是通往平台的路了！"他兴致勃勃地叫了起来。

我们绑好登山索，出发。我自认为比他老练一点，于是决定领头。没想到才爬了四五米的岩壁，就遇到了障碍。在我看来，这个难关很难过。我开始像个力争上游的政客，一会儿向右摆，一会儿向左摆，再尝试中间路线，但就是找不到出路。

我确定自己被打败了。岩石毕竟不是政治，它只会让够格的人爬上去。詹尼对我有信心，只是在一旁观看，一句话也没说。不幸的是，他对我的信心那天却没得到应有的回馈，只是让我更紧张罢了。我对自己的动弹不得感到愧疚，而如此一来，非但不能保持冷静、好好思考，反而轻举妄动，采取一连串猛烈而几近失控的攻势，结果就算没有使情势恶化，还是徒劳无功。

登山者如果失去冷静，很可能导致致命的伤害，不但有坠落之虞，而且连寸步也前进不了。詹尼很客气地建议我试试另一头，因为那里的岩壁看起来比较友善一点。但放弃我已经起了头的路线，是多么没面子啊！我继续努力，但全都白做工。我的火气越来越大，只是强忍着不发作。我往上爬了一段，换个方向，再往上爬。还是没有用。我试过的每一处，全找不到可以往上爬个五六米的路径。岩壁很坚硬，没办法将岩钉钉进去。可是，却有人在上头钉入了岩钉。那个人要是能抵达那上头，不消说，一定比我棒喽。这么一想，我的心又被搅乱了。一个陌生人，简简单单地用一根钉子教给我谦卑的功课。经过无数次失败的尝试后，我一边气愤地想着这个不知名的人士，一边垂头丧气地往下爬。

詹尼连试一下都不肯。说什么如果连我都办不到，他更不行。然后又加了一句："最好还是放弃吧，等斗志比较高昂时再回来吧。"

"别再说了，"我顶了他一句，"今天非上去不可。"

不过，到了这个地步，我已不再坚信自己做得到。我们沮丧地抽起烟，顺便想想有什么办法。就在这个时候，旁边走过两个年迈的登山者。从他们的口音，我们猜想是的里雅斯特人。他们边向我们打招呼，边继续前进，朝着离我们不到一百米远的山路走去。过了不到半个钟头，就听到他们在我们上头聊天。啊！这是怎么回事？原来，他们已经抵达平台了！这么说来……"这么说来，正确的起点是在那上头啊。"詹尼做了这样的宣判，十分恼火。

我们再度启程，火速地冲向台地的入口。这次，我们只要在一个下坡的角落后面右转，就能抵达目的地了，但我偏偏像只气冲冲的公羊，只顾着继续往前冲，因为我相信那两个的里雅斯特人就是从这条路上去的！又一次打击：爬了四米，就没有路了……事到如今，我再也忍无可忍。我往下爬，松开登山索，告诉友人我已经受够了蒙塔纳亚谷尖峰，受够了那座鬼台地，受够了登山这鬼东西。他表示同意。

其实，想知道入口到底怎么去，只要不耻下问，请教那两个人就好了，但我太骄傲了，偏偏不肯向人低头，不肯降格做这种事。

我们静静地返回招待所，感到脸上无光，我这辈子难得受到这么大的屈辱。我们一如往常，借酒浇熄这场挫败。不过话又说回来，就算我们顺利攻克山顶，一样会大喝特喝。

我后来攀登北面岩壁路径的次数，少说也有七十回。现在，即使将我的眼睛蒙起来，也能顺利走完全程，但那一天，却连它的起点都找不到。我永远也忘不了这场屈辱。

直到现在，我一想到这件事，还是两颊发烫，但同时也觉得很好笑。

挫败记事之二：救命小树

我以前常和家人用登山索绑在一块儿去攀岩。从小就跟着爷爷去，还有几次叔叔皮诺多（Pinotto）带我去。可惜叔叔后来酒精中毒，一爬山就看到幻影，只见一片空荡荡的，头晕目眩。我最常和爸爸爬到山顶，纯粹是为了享受从山上眺望远方的乐趣。那时爬的都是一些好爬的山，只不过就是在陡峭的路上散步罢了。偶尔遇到难一点的路段，总能克服，但难度都不高，顶多只有三级。

1963年8月25日，我和弟弟菲利切在两位老师的陪同下，一起去攀登杜兰诺山。同一天，位于泽摩拉谷地的马尼亚戈招待所举行落成典礼，那是个盛大的日子。菲利切小我一岁，我后来常和他一起去爬山，直到1968年。那一年的春天，他去德国打工，三个月后，在当地的一座游泳池内意外丧生。

我很少和另一个弟弟里凯托去攀岩。虽然他的体格很适合，但我很早就知道他对悬崖峭壁没兴趣。他很有力气，只用一只手臂就可以往上攀爬。我视他为天才，心想："像他这样的料，或许可以帮我在艰难的路径克服某些难关。"因此，

25年前一个酷热的7月天,当我想在伯加山北面的岩壁开辟一条新路径时,便怂恿他和我一起去。

我们携带绳索和岩钉,穿过瓦隆山口(la Forcella del Vallòn),再往下爬到落差一公里处,来到岩壁下方。找到路径的起点后,我们开始攀登。我打了如意算盘,但人算不如天算。岩石开始抵抗,不但攀爬的难度很高,而且相当脆弱。我立刻明白自己是在从事一项必败无疑的探险。但我不想留给小弟坏印象,于是冒着危险,将绳索一段又一段地往前拉。

我内心的不安,随着攀登的高度逐渐升高。想到这地方完全与外界隔绝,我尤其惶恐。如果我们的经验更丰富,意志更坚定,还是可以做到的。不过,当年时机还没成熟,还不是去攀登这座尖岩的时候。大约爬到半途,我已经完全没有意愿再继续下去了。

一个细小的声音不断地催我下山,但天空连一片云都没有,以暴风雨即将来袭为理由吓唬弟弟以便开溜,根本说不过去。我只好找其他借口来开脱。我嘀咕说,带的岩钉太少了,没有办法上到顶峰,趁现在还来得及,最好还是下去吧。里凯托什么也没说,但对我的建议,似乎没有异议。一决定撤退,我们立即以双绳垂降法一段段地下降,整个过程相当冗长。岩钉的确不够,我被迫只能在每个下降的路段钉一根岩钉。这么做很危险,非不得已,还是尽量避免。尽管没有什么保障,我们终究还是逐渐靠近山脚的陡坡。我战战兢兢地钉入最后一根岩钉,从这里还可以再下降四十米。我心想,最后一段下坡路很好走,就用走的方式下去吧。没想到双绳垂降法的最后一个路段，竟然降落在一处峭壁，就悬垂在一处深不可测的深渊上方。我们内心的恐慌自是不在话下！

好在上帝帮助了不知情的我们。在我们脚下附近，出现了一小棵鹅耳枥，大概有扫帚柄那么大。我经过一番慎重的考虑后，一边发抖，一边将一小段绳索套在那棵树上，让里凯托从这里下降到陡坡上。接着轮到我。我很怕小树会突然断掉或飞走，在下降的时候，根本没有勇气看它一眼……终于，我也平安抵达地面。

我们累坏了，决定前往隆加罗内北边的小村子达维斯塔（Davestra）。走了几个小时，我们精疲力竭地来到通往科尔蒂纳（Cortina）的公路。我们好想喝点啤酒，但身上没有带钱，而那个时候的我，又不像今天那么有名。我想到隆加罗内有一家朋友开的酒馆，他常常请我们喝啤酒，于是，扛着绳索继续朝那个方向走去。

那一天算我们好运，一辆美国人开的车子在我们旁边停了下来，车内挤满了人。一个家伙从车窗内递给我们两大瓶一点五升装的啤酒，我至今仍清楚地记得那啤酒的牌子是"Colt 45"。我们一口气就喝个精光，这才觉得好过一些，最后总算顺利回到厄多。但从那一天起，里凯托再也不想去攀岩了，不管是跟我，还是跟别人。

过了26年，到了公元2000年，我才回去完成那趟未完成的路径。当我克服一段又段的艰险之际，才明白那天我和弟弟两人所冒的险有多么大！

挫败记事之三：神秘先锋路径

二十几年前，我邀请波代诺内的登山家友人佛朗哥·南（Franco Nan）一起到帕拉扎山的北面岩壁开辟一条新路径。这片岩壁悬垂在泽摩拉谷地的巴鲁克牧场（i Pascoli Barucco）上方，相当难缠。

其实，两个星期前我已自个儿先去爬过一趟。我花了一整天的时间，只能攀登两段登山索的路程，用一般人的话来说，也就是八十米左右。在没有什么安全保障的情况下独自攀登，难度实在是太高了。不过，我放弃的原因不只如此。我并没有下定决心，缺乏一股非完成不可的强大意念。

心平气和地接受失败、说服自己再试一次，并不是一件简单的事。我们总是在找借口、在撒谎，好保住自己的颜面。我们原来只是为了爱面子而撒谎，但因为我们是那么的惧怕挫败，以至于逐渐地，脑子开始精心策划，不断修正，到最后，谎言变得就和真的一样。在这个替自己解围的过程中，第一个信以为真的人，竟然就是我们自己——起码我就是这种人。

但偶尔，到了夜晚，在睡意撒下悲悯的铺盖，将白天发生的屈辱遮盖起来之前，那谎言会以狰狞而嘲讽的脸孔，隐隐约约地出现在我面前，向我讨债。那时，我会觉得自己很卑鄙，也明白对别人说谎挽救不了什么。照实说，不是更简单、更通人情吗？只要老老实实地说："我做不到，失败了。没关系，下次再试试看吧。"不就好了吗？让这件事传扬出去也没关系，不怕被取笑，也不会觉得自己一无是处。

过去这些年来，我的人生标杆之一就是从失败中汲取养料，善加利用挫败的力道，反弹回去。这样，我们的内心会平静安详得多。而养料是从来不缺的。

言归正传，回到帕拉扎的路径吧。那天，佛朗哥和我骑着我老爸的摩托车前往巴鲁克牧场，再从那里步行二十分钟，来到岩壁的裂缝下方。整片岩壁仿佛遭到巨斧劈砍，留下一道又长又深的裂痕，一直延伸到峰顶的草地上。我们的计划是一步步沿着那裂缝往上爬，越过最后一块凸岩后，就抵达峰顶。

我们穿戴好配备，绑上登山索后就上路。

由于自命不凡，我忍不住向友人透露，这个高难度路线前面八十米的路段，我已独自爬过了。佛朗哥对我冷嘲热讽："既然已经爬到那儿了，何不干脆爬到山顶呢？"

我们继续攀登难度五级的岩壁，有些路径的难度甚至高达六级。中途，一块大理石般光滑的凸岩挡住我们的去路。在无计可施的情况下，我们打算利用双绳法下降。就在这个时候，阳光照在岩壁的凹陷处，一缕光线从凸岩下的一处小洞穴穿泄而出。要不是这道阳光，我们根本不可能发现这个洞。我趴着爬进去，惊异地发现里头是一条非常明亮的窄路。这条路很陡，往上延伸约三十米，直到洞口。我们刻意放慢速度，在这条洒满阳光的羊肠小道爬行，以便好好地享受这段奇异的旅程。

出了地道，我们来到那块光滑凸岩的中央。多亏这条地道，我们才能避开那个难以征服的障碍。我爬了四十几年的山，只有另一回遇到过类似的陡峭地道。那一回是在杜兰诺山南面的岩壁，我和安德烈亚在一起。

渡过这一大难关之后，接下来的路段就算有的难度还是很高，也都可以一一克服。但离终点只剩四十米处，眼看着很快就能躺在帕拉扎峰顶开满花朵的草地上了，我们却遭到另一个打击。

我爬到一处斜坡出口时，鼻子几乎撞到一根吊有铁环的岩钉。它有点生锈，但的确是根如假包换的岩钉，而且就固定在那儿，在一条我们自认为由我们开辟的路径上。我一时冲动，很想用铁锤把它打掉，免得在我下面的友人发现这个鬼东西。实在不想让他大失所望。但我终究没有这么做，只是对他大喊，要他做好心理准备，免得待会儿被吓到。我慢慢地整理绳索，佛朗哥绑好后，上到我这里，看到了钉子，张大了嘴，瞪了我好一会儿。现在，我们两人都很清楚了：我们根本不是什么开路先锋，只是在步别人的后尘罢了。

接下来几天，我展开巨细靡遗的调查，想找出这条路径是谁开辟的，却怎么也找不到。所有登山指南、专业报纸，或是会报道新辟路径的期刊或杂志，都没有标示出这条路径。我于是想投机取巧，自己居功。我写了一篇报道，故意不提那根岩钉，然后将文章投到一家登山杂志。但万一这条路径真正的先锋突然现身呢？我想到一招以避免出糗：把那条路径取名为"神秘先锋路径"，这等于是在默认了。

报纸刊出了我的文章。过了几天，我在贝卢诺遇到当地一位登山家。他技艺精湛，为人严肃，属于只会登山、不会在报上炫耀的那一类型。在一瓶酒面前，他坦率地告诉我："我读了那篇报道。帕拉扎上那根钉子是我钉上去的。"语气没有丝毫的不满与怨怼。

原来好几年前，他就和一名友人开辟了那条路径。一如他平日的作风，他不居功自恃，从来没有提过这件事。

挫败记事之四：迪博纳路径

杰出的登山家亚历山德罗·戈尼亚大我几岁，生于热那亚（Genova），后来搬到米兰。他也写文章、出书。有一天我们聊到攀岩，他正经八百地给我一个忠告："去攀登安杰洛·迪博纳（Angelo Dibona）开辟的路径时，千万小心。"他警告我："别小看它了。"我听了几乎当场笑出来。

谁是安杰洛·迪博纳？他是史上最伟大的攀岩家之一，也是这个圈子少有的君子。他以诚实、低调的作风，安然越过争议不断、竞争激烈，而且经常是不清不楚的登山界。

安杰洛生于1879年，于1956年逝世。他的家乡安佩佐谷地（La conca d'Ampezzo）是个神奇的地方：传说古时候，有几片草地对常年身为草地感到厌倦，于是高高向天际耸立，摇身一变，成为巨大的山丘、尖岩、峰顶，个个外形怪异，有如颚齿般争奇斗艳。

安杰洛一辈子以高山向导为业。他的技艺出众，连这个不轻易夸赞别人、反倒是充满敌意与嫉妒的圈子，也封给他"王子"的头衔。他为人诚实慷慨，以至于存不了多少钱。这个谦逊沉默的好人，离世时身上一文不名，却在岩壁上遗留给世人价值连城的财富以及永难忘怀的回忆。

安杰洛是只轻巧的蝴蝶，是个名副其实的天使[①]。我的朋友、年老的瓦莱里奥·昆兹（Valerio Quinz）和安杰洛一样，也是一名高山向导，而且和他一样害羞而谦逊。有一天他告诉我，安杰洛即便已是六十好几、一大把年纪，从顶峰下山时，连难度四级的路段也能像走在平地上那样面对着山谷徒手走下来。当今著名、杰出的攀岩家如果学他这招，不知会有什么感觉。

1908年夏天的某个清晨，安杰洛独自登上克里斯塔洛群山一个壮观的尖岩。他是第一个攻克这座巨岩的人，想当然耳，这座巨岩就以他的姓"迪博纳"为名。这位大无畏的安佩佐人徒手攀登到山顶，再徒手下山，完全没有使用登山索和岩钉。其中最大的挑战，是延续了五十米、难度维持在五级以上的悬垂路段，攀登时连一厘米、喘息片刻的余地都没有。探勘出这条路径的第二天，他立刻带游客登顶，假装这是他的第一次。他不但技艺高超，而且还真是个谦虚的君子呢。

1996年，我和友人卢卡·维森蒂尼（Luca Visentini）花了两季的时间，去探索整片克里斯塔洛群山。卢卡写过十来本关于登山的书。那一次，他想写一本克里斯塔洛群山的登山指南。我只要有时间又有意愿，就去陪他。我们必须攀登群山中的每一座山峰，而且严格限制只能取道难度最低的路径，然

---

① 安杰洛的原文angelo，意思就是天使。

后写报告,将结果列在书上。我的朋友还负责摄影,因为他拍照和写作一样在行。

轮到去探勘迪博纳尖岩时,我才晓得最简单同时也是现存唯一的路径,就是安杰洛·迪博纳在90年前开辟的那一条。

"你期待这会是怎样的路呢?"我对卢卡说,"没错,是一条难度五级以上的路径,但别忘了它已经老了,快一百岁了,而后来的登山家想爬难度高一点的,于是纷纷放弃了它。"

"我想你说得有理……"朋友回答。

一来到岩壁下面,我们遇到一个干练的年轻人,名叫洛塔尔(Lothar)。他想和我一起攀登迪博纳尖岩,于是我用登山索将我们两人系在一块儿。卢卡则到峭壁上摆好姿势,捕捉我们攀岩的镜头。我们将登山索斜摆了两次,完成了最前面五十米的路段:第一段路程登山索由右向左斜,第二段则是反方向。

接着我来到难度五级、悬垂的直立裂口下方。一开始没有任何问题,反正难度才五级,不过,这可是安杰洛的五级啊!我很快就明白那是什么意思了。要是我当时还记得亚历山德罗的忠告就好了。

我爬了三十厘米,难度都很高,然后往下瞧了一眼。天啊,这是什么路段?甚至连个吊着铁环的岩钉都没有,那我就不能将绳索穿过铁环,让洛塔尔拉着绳索来保护我了。我强装镇静,但内心开始担忧起来。我忐忑不安,小心翼翼地行动,外加几分踌躇,勉强前进了十米。这一个路段几乎找不到任何立足点和支撑物，需要十分谨慎应付，得在裂口内外移来移去，还得一直紧抓着悬垂的凸岩。

我抬起头，终于在上方不远的地方，看到一个吊着铁环的岩钉，那是安杰洛在1908年当高山向导时唯一钉的岩钉，好让他带领的游客能顺利登顶。虽然离我大约只有十米，我却觉得好像有一公里那么远。但再怎么艰难，还是得爬到那里。为了面子，更为了名声与自尊，我只能继续前进，可是内心的恐惧却又让我裹足不前。我变得笨手笨脚的，好像捧着一个装满水的水桶似的。我又爬了大约两米，冷不防地往下滑了一小段路。我很怕会跌下去，只好暂停，从登山装备中拿出一枚岩钉，钉入一个小裂隙内。

当我钉着那枚救命的铁钉时，内心惭愧不已，同时想着安杰洛早在90年前，就独自一人徒手完成这趟路程了。这是怎样的一课啊，朋友们！我对他景仰有加，也更加喜欢他。我将一个铁环吊在岩钉上，将绳索从铁环穿过去，这才敢继续前进，但我的斗志这时已降到谷底。事情还没完呢。越往上爬，难度越高，我不得不再加钉两根岩钉。到了这个地步，我的信心已经彻底崩溃了。我当下决定一下山就把登山索丢掉，从此放弃攀岩。我一路扭来扭去，好不容易终于抵达安杰洛那根传奇的岩钉旁边。我注视着它，一边抚摸，一边想着自己这趟不光彩的挫败，同时再度想起老安杰洛。

当人类的活动超越自然律的限制，我们只有钦佩的份儿，不会感到嫉妒。只有平庸的人才会嫉妒，或许只因为不懂得反省吧。当我在尖岩顶峰低着头、用手拉着年轻的洛塔尔时，再度想起亚历山德罗的忠告：去攀登迪博纳路径时要小心！

我终究没有放弃攀岩，因为我还是爱好此道。但有一件事是确定的，那就是：感谢老安杰洛，我不再那么自负了。

挫败记事之五：半途而废

天色就要黑了，我们只好搭起第三个营地。原本预计三天就可以登顶，但过了三天，我们只爬到岩壁的一半。那是1月15日左右。我们被那座高山巨大、冷峻、陡峭、沉默的身影团团围住，我的内心充满恐惧。在冬天开辟这条新路径，不是我的点子。这是一位友人策划的。他年纪比我大，是位攀岩高手，身手如羚羊般敏捷。另一位好友贝尼托（Benito）也陪我们一起来，他拥有过人的体力，为人和蔼可亲而又沉着冷静。至于第一位友人的名字，基于一些私人的理由，恕我不方便说出。

搭建在岩壁上的第三个营地，有一个鹰巢，可充当我的帐篷。它悬在小台地上，仍然完好无缺。我钻进睡袋内，紧贴着树枝下方原来孵育幼鹰的地方。两名友人则待在离我十米的下面狭窄的岩棚上，也睡在睡袋内。

这一夜真难挨。我真想丢下一切，回到山下。我很害怕。白天攀岩时，一块硕大的落石从我们左上方往下坠，岩壁像被挖土机挖了一个大洞似的。幸亏我们没被击中，否则一定会粉身碎骨。但我想放弃的主要原因，倒不是这个意外事件。这里那么冷，环境那么恶劣，顶峰又那么远，加上我隐约感到危险临头，既害怕，又莫名的哀伤……这一切使我变得意兴阑珊、有气无力。我没有对同伴说什么，但在这样的情况下硬撑了三天，实在很折腾人。领队每前进一米，我就觉得离人世更远。我想告诉他内心的感受，但由于自尊心作祟而开不了口，只好蜷曲在鹰巢内，强迫自己入睡。那天晚上在鸟窝内过夜的，不是小鹰，而是个胆小鬼。

我没有任何睡意，只好呆望着天空。那是个令人惊异的夜晚，天空挂满了若隐若现的星星。半夜，一只啄木鸟不断地在一棵树上钻孔。那棵树已经死了，从传来的声音就听得出来：尖锐、清澈、嘹亮。啄木鸟偶尔发出愉悦的尖锐声，一直钻到天亮。它是那个恐怖的夜晚唯一生气勃勃的生物。我叫了友人两次，都没有回应，显然是睡着了。

我真羡慕那只啄木鸟！它只要拍拍双翼，就可以逃离这个严寒萧瑟的天地，而我们却做不到。就算想下去，还是得等到天亮，然后花很多时间，利用坐式垂降法下山。但领队一心想攻顶，没有下山的意思。他的决心是有名的。我要怎样才能鼓起勇气，告诉他我已经决定放弃？我要怎样才能说服他半途而废，丢下在初冬好不容易开辟到一半的新路径？我窝在鹰巢内，等候时间一分一秒地过去，等了仿佛一个世纪那么长，终于等到天亮。等候的同时脑中不断想着这些问题，颇为苦恼。

黎明来到，紫色曙光乍现。高山被严寒层层包裹，沉默不语。那只啄木鸟一值完夜班，就飞走了，不知去向。或许在曙色的照耀下，看清了自己所处的环境，吓得赶紧溜走了吧。算它好运！我将头伸出鹰巢朝下看，看到一片无垠陡峭的冰雪和苍白的岩石，好一幕凄凉的景象！就在这一刻，我突然有了勇气。同伴们正在火炉上烧茶，看来心情很好。他们说白天就继续上路。"我要下山。"我低声地说。他们停止交谈。约有一分钟静默。"我撑不下去了，"我接着说，"不想爬了，我累得要命，会怕。"

我看到朋友们一脸失望的神情，同时略带愠色。我就这样毁了一切，害他们也得跟着我一起放弃。尽管这违背了他们的意愿，但他们明白我的心情，没有表示异议。为了让他们能顺利完成这趟探险，我提出一个建议："你们只要留给我一段绳索和几根岩钉就够了。我自个儿下去，你们继续往上爬吧。"

但朋友们不肯抛弃我，和我一起用坐式垂降法下山。当我们逐渐接近山脚时，我的身体再度暖和起来，也再度感到生命的喜悦。我们在傍晚时分来到马路边，当地一名高山向导用讥讽的眼光偷瞄我们。我敢说看到我们半途而废，他一定幸灾乐祸。

这一次的挫败，是我所有登山经历中最不体面也最令我心痛的。朋友们很有风度，并没有生气，也没有四处张扬我那天的软弱、恐惧与不安。过了二十几年，我拿出挫败的记事本，写下这篇文章，对他们表达谢意。

挫败记事之六：先下手为强

1988年10月18日，我和友人保罗·格罗索（Paolo Grosso）一起前往梅萨佐谷，打算在皮诺峰北峰西面岩壁这块处女地开辟一条新路径。保罗是个小儿科医生，小我几岁，梅斯特雷（Mestre）人，在贝卢诺的一家医院行医。

我们先在狄塔招待所过了一夜。当时是由传奇人物北披经营。北披生于1923年，2002年冬天过世，我当时好难过。他是个好人，和蔼好客，不过性格十分直率，遇到问题勇于面对，有话直说，不会像一些口是心非的人，只会在背后说长道短。

他很爱整洁，最受不了高傲和没教养的人。有一回，我在招待所目睹一件事，觉得很好笑，不过当时他可是一本正经的。一个家伙嘎巴嘎巴吃完杏仁饼后，将纸屑丢在招待所外面的桌子下。北披看到了，很有礼貌地请他将纸屑捡起来。这名男人长相粗野，身材高大，肌肉发达，一副很践的样子。他把北披的话当耳边风，不屑照做。

北披进厨房检查正在炉子上烧的菜。过了一会儿，又出现在门口,注意到纸屑还在地上。他再度很客气地请那个无赖将纸屑捡起来。那家伙一动也不动,假装什么也没听到,开始和朋友们聊起天来。朋友们也没帮忙把纸屑捡起来,我猜是想看看这场好戏怎么收尾吧。北披重新进到屋内,没过多久来到男子身边。这回,他扛着一支上膛的双管枪,用枪管顶着那个不知天高地厚的男子的鼻子,不满地说道:"捡起来。"这次语气可不像先前那么友善了。那个没教养的男子吓得脸色苍白、哑口无言,赶紧将纸屑捡起来,放进他的背包内,然后向北披赔不是。

那天晚上,保罗和我睡了个好觉。第二天天一亮,我们就和北披道别,开始沿着长长的上坡路,前往皮诺峰北峰西面岩壁的山脚。我们想要开辟的路径,沿着垂直峭立的峡谷攀缘,全长约一公里,顶峰成二面角状。在柏油路上走一公里不算什么,但是将这一公里拉成垂直线,爬起来就长得不得了。

我那一天犯了一个要命的错误。那天下着毛毛雨,但我和平日一样顽固,硬是要冒着危险去攀岩。保罗和我经由漫长的窄径,利用绳索爬了一段又一段的路程,攀升的速度很快。我们的双手摩挲着那孤立的岩壁,这很可能是自开天辟地以来,它首次和人类接触。几百万年来在雨水的拍打下,表面光滑如镜,间或点缀着化石,诉说着很久很久以前这里曾经是沧海的故事。

小雨继续下着,岩石被打湿了,但并不妨碍我们的行动。我来到一处悬垂的峭壁下方,在这里钉入一根安全钉,吊上铁环,再将绳索从铁环内穿过去,顺利地翻越这处峭壁,继续前进。保罗在我下面二十米的岩棚上给我打气。

我才前进了一小段,突然从上头传来一声震耳欲聋的巨响,我不禁抬头往上瞧,惊见一块衣柜般大小的石柱正向我逼近,呼啸地往下坠落。不知道为什么,每次攀登皮诺峰北峰的时候,它总会教训我。或许是因为我无法赢得它的欢心吧。我对朋友大吼,要他抓紧绳子,然后冲回那处悬垂的峭壁下方。安全钉仍稳稳地留守原地,啊!我得救了。落石如飓风从我们上方扫过,幸好有一块凸起的岩石保护,我们才没被扫到。石柱撞击我刚刚的位置,化为碎片,落石如一只愤怒的老虎发出刺耳的嘶吼,扰乱了峡谷的安宁。

过了几秒钟,咆哮声终于在谷底平息下来。我们检查彼此的伤势,幸好只被一些小碎片击中,在手臂和头部造成轻微的擦伤。这时开始下起大雨,我想我们这一天已经受够了,于是决定用坐式垂降法下山。一抵达山脚,再步行两个小时,像只落汤鸡般回到狄塔招待所。看到我们的狼狈相,北披评道:"只有傻瓜才会在这种天气上山。"然后拿出格拉巴烈酒招待我们。

秋天来了,这段时间我完全不将皮诺峰放在心上。到了冬天,有一天晚上,我在厄多的酒馆内向奇克·马尔科林(Cik Marcolin)描述10月间那场冒险。奇克是我的朋友,为人和善,也是个老练的登山家。我在结语说,那条路径很值得爬完全程。"我同意。"奇克回答。喝完酒后,我们就分手了。

时间一天天过去,春天跟着来了。放弃在皮诺峰北峰辟径这件事,一直让我耿耿于怀,不过我相信只是延后罢了。接着,夏天也来了。7月底,我携带着绳索和岩钉前往梅萨佐谷地,决意完成那趟中断的探险。在招待所,北披告诉我几天前有几名男子扛着登山索从他那里路过,然后警告我要小心。

"只有上厕所,才会自个儿去。"他下了这样的结论。

灌下一大杯白兰地后,我不断朝着目标前进。十一点整,开始攀岩。途中我发现了九个月前和保罗攀岩时钉下的那些岩钉。到了那处遭到落石撞击的峭壁,我有点激动,翻越过去后,继续往上爬,爬了大约一百米后,我突然看见一根崭新的岩钉,内心十分讶异。紧接着,讶异转为恼怒,心想:竟然有人比我先来!失望归失望,我还是继续前进。沿途偶尔还会发现其他新的岩钉,亮晶晶的,看得出来才刚钉下去不久。最后的二面角路段爬起来很棒,难度也不高。下午三点,我顺利登上峰顶。

我一秒钟也没浪费,立刻跑到山顶的石冢上。按例,登山者会在石冢间留下纸条。万万没想到里面竟然放着一张崭新的纸条,洁白如雪。我将它打开来,上面写着:

"皮诺峰北峰西面岩壁新路径。奇克·马尔科林与伙伴向毛罗·科罗纳问好。"

这个混蛋!原来北披口中几天前扛着绳索从他那里经过的,就是奇克和他的伙伴!

无法重攀的路径

若干年前的夏末，非常适合攀登奇摩里亚那谷地上一些峭壁的时节，我和友人佛朗哥·南一大早前往梅德利山（Col di Medri）南面的岩壁，想在这块处女地探索出一条路径。

梅德利山位于一条通往波代诺内招待所的公路左侧，与招待所的直线距离不到一公里。从招待所的停车场，就可以看到那座美丽无比的山峰以及险峻的南岩壁。佛朗哥事先已研究出一条路径，是经由一些表面上看起来似乎无法攀登的黄峭壁和灰石板的路径。我这个朋友很擅长解决登山的种种问题，而这些问题，别的登山家基于种种原因压根儿都没想过，当然也就无从解决了。我和佛朗哥联手在岩壁上开辟的路径，超过二十条，全都是由他探测出来再严密策划，然后和我一起去开辟的。

就这样，我们在一个天气晴朗的早晨来到梅德利山的山脚，有几分忧心地看着上面那些凸岩。已经是9月底，森林的颜色开始转黄。我的朋友仲夏在工厂打工时触电，烧伤了两个手掌，我们因此无法早点去爬那座山。我可不能背叛他，和别人去爬他研究出来的路径，只能等到他的伤口愈合、长出新的皮肤，才和他一起行动。

这是条高难度的路径。岩壁不断向我们挑衅，难度一直维持在五六级。我和佛朗哥用登山索攀升，每个路段的岩壁都令我们十分惊艳。经过常年的风吹雨打，它显得既坚硬又光洁。虽然难度很高，但我和佛朗哥都爬得很尽兴。我们在黄昏时完成全程，然后用树枝当拐杖，辛辛苦苦地走了两个小时的路，回到马路旁。我们爬进车子，开往奇莫拉伊斯的杜拉诺酒馆。那时酒馆老板是我的好友尼纳（Nina）的儿子易裘（Icio）。

好天气持续不了几天就变了，开始下起雨来。这场雨一直下到10月底。夏天接近尾声，悲凉的秋天的脚步近了。由于天气不佳，寒气提早来临。森林无精打采地打起哈欠，颜色一天天加深。佛朗哥回工厂打工，游客也纷纷打道回府。从夏天过渡到秋天这个时节，我总会感到懒洋洋的，这个现象会持续好几个礼拜。这段时间，我一点也不想做费劲的事，只想将双手插在口袋里，漫无目的地闲晃。在大自然中虚掷光阴，四处看看，可以慢慢地适应寒冬的来临而不会太过悲伤。这不失为一个迎接冬天的好方法。

10月的雨下过后，太阳又出来了，不过是个苍白的太阳，有如即将结束的恋情。11月的某一天，我去奇摩里亚那谷地，随身携带着一位医生友人借我的相机。这位医生想写一篇文章，报道我和佛朗哥的那趟探险，请我帮他照一张梅德利山的相片。我缓缓走过山谷，想好好欣赏四周的美景，因此刻意放慢脚步。当奇摩里亚那谷地没有汽车和又吵又闹的游客的干扰时,实在很美。我一步步地来到通往法西尼谷地的营地。到了停车场,我抬起头来仰视梅德利山,寻找我们在南面的岩壁所开辟的那条路径,好拍一张相片。但东找西找都找不到,它不见了!我实在想不透。那座山我已经不太认得了,尤其是接近山顶的地方。轮廓依旧,不过岩壁已经变了样。

看了一会儿,我终于明白了。上半部的岩壁已全部塌陷,两百多米长的岩石坠入山谷。或许是10月下个不停的雨造成的吧。我想到当我们在它身边时,它看起来是那么健康,那么坚硬,那么完整,谁晓得那么脆弱,与山峰的主干貌合神离。看来岩石就和人类一样,即便有光鲜亮丽的外表,骨子里却可能软弱无力、一身是病、不堪一击。要是我们正在上头时它突然塌下来……想到这里,我不禁打了个寒战。果真如此,我们一定会粉身碎骨。

一个多月前,我才和佛朗哥从那驼峰般的巨岩爬过,而现在,它已经消失了。但梅德利山上那条消失的路径所带给我们的成就感,将永远不会消失。因为没有任何一位登山家有办法重复我们走过的路径,连世上最厉害的登山家都办不到。因为它已经不存在了,佛朗哥和我将永远是唯一从那条路径走过的人。

拥抱高山

认识耶力·德·卢卡（Erri de Luca）本人之前，我曾经浏览过他写的书，是一名聪慧的女孩推荐给我的，为此我永远感激她。过了1年后，我有幸见到他本人。经常举行读书会的曼托瓦沙龙（Salone di Mantova）邀请耶力来演讲。这位纳波利（Napoli）作家竟然回复说，如果我也受邀到讲台上陪伴他，他就接受邀请。一位主办人打电话邀请我并转告这件事，我真是受宠若惊，想也不想，一口就答应了。这项荣誉令我不自觉地抬头挺胸。

到了会场，我终于明白耶力为什么想认识我。原来他热爱登山，尤其是攀岩。在海边出生的他，过了五十岁才开始爬起"垂直的海洋"。他的技术一流，身手矫健。我们就这样，基于对攀岩的共同爱好，在曼托瓦（Mantova）见了面。

初见面那一刻，我们紧紧相拥，那是个真诚的拥抱。我们同年，而在致力于登山活动之前，都当过泥水匠，采过矿石，和苦力、矿工、石匠在同一个屋檐下生活过。我们两人都认识一些没读过什么书的人，但他们看你的眼光，是那么善良而诚恳,和你握手时,让你觉得信得过他们。那天晚上的活动结束之后,我们俩接着去酒馆,也不知道醉饮到几点。最后,有人把我们接去旅馆。

我们后来又见过几次面。颇值得纪念的一次,是在蒙特雷阿莱(Montereale)的梅诺奇欧中心(Centro Menocchio)。由摄影师达尼洛·德·马尔科(Danilo de Marco)负责接待我们。达尼洛擅长黑白照,他的人生和我们一样脱离常轨。他漫游世界,不断地寻找濒临绝迹的人种,想在他们因世人的冷漠和健忘而从地球表面消失以前,用镜头来捕捉他们的身影。

我后来又和耶力见了几次面,一次是在厄多我的工作室内,达尼洛也在场。当时我的工作室已经变得不太像雕刻工作室了,反而比较像酒馆。还有一次是在博尔扎诺面对一群听众演讲,主题是高山。讲台上摆着一瓶红酒,我们开始歌颂起登山带给我们的乐趣。那些听众看到我们演讲时不喝矿泉水,却喝酒,连带地对我们的话表示存疑。

2002年7月底,耶力打电话给我:"我们一起去爬蒙塔纳亚谷尖峰好吗?""非常乐意。"我回答,很高兴能有这个机会和他单独在岩壁上度过一天,少了讲台,却多了山谷中的森林、山岳和激流。

我们约在某个星期三清晨六点半碰头,他开车和我一起来到波代诺内招待所,我们再从那里跋涉了半个小时,登上了"不合逻辑的山"的山脚。前往山脚的路程,我走前面,但不时回头瞄着友人的脚步。我注意到他经常弯下腰来,把脸挪到一条清澈的小溪旁,好像一头想饮水的羚羊。当我们抵达蒙塔纳亚谷尖峰的山脚、用绳索绑在一起时,我问他走路时为什么离水那么近。"因为小溪在说故事给我听呀。"他回答。

攀登时,我礼让他领头。于是,他走在前面,我尾随在后。我们花了两个小时,顺利登顶。在峰顶握手之后,我请他去敲那只悬在三脚架上快80年的老钟。"我不够格啦,"他婉拒了,接着又说,"我攀岩那么多次,就属这一次最棒。"说完,从背包拿出黑面包和奶酪,分一半给我。我们一边享受这简陋的一餐,一边欣赏四周的风光。这里的美景真是世上绝无仅有,我对它非常熟悉,耶力却不然。他静静地,好像在想什么。高处突然打起雷来。过了一会儿,耶力用手指着天空,用冷静的声音说:"嘿,造物主真是奇妙。"

暴风雨逐渐逼近,于是我们用双绳垂降法下山,抵达尖岩北侧的山脚后,再从那里慢慢地走回波代诺内招待所。

一起喝酒时,我告诉友人,9月适逢首次攀登蒙塔纳亚谷尖峰的百周年纪念,并说明我们策划的庆祝活动:"意大利山岳协会将举行一场讨论会,奇莫拉伊斯市政府邀请著名的登山家一起来庆祝这个节日。9月17日是格兰维和萨尔攻顶的日子,这一天我们会穿着当时的服装去攀登蒙塔纳亚谷尖峰。"

说完,我邀请耶力前来共襄盛举。他想了一下,问道:"那一天为什么要去攀岩呢?去拥抱它不是更好吗?"

"怎么个拥抱法?"我问。

"在下面集合三四百个人,大家手牵着手,一起将蒙塔纳亚谷尖峰的山脚包围起来。你觉得这个点子怎么样?"

"嗯,真是个好点子,"我回答,"放心好了,我们会照办。"

第二天,我向朋友道别,他随即返回罗马。

但拥抱高山的点子最后并没有实现,因为我们找不到足够的人把蒙塔纳亚谷尖峰团团围住。没错,它的周长并不算长,但或许是因为现代人连拥抱别人都不想了,更何况是拥抱一座山。

寻宝记之一：蒂西的岩钉

1958年，八岁那年，我在不知情的情况下，遇到阿蒂利奥·蒂西。那时，瓦琼谷地即将出现一座号称全世界最高的水坝，四周正如火如荼地展开各项工事。梅萨佐谷地的森林被砍了下来，以便兴建走道、壁墙、道路。梅萨佐谷地盖了一座崭新的混凝土桥梁。日后这座桥抵御了1963年10月9日的大水，而且和且仁冬那座桥的命运不一样，至今还在。许多工事是由蒂西建设公司承包的，包括梅萨佐桥，而负责监督桥梁工程的，就是伟大的攀岩家蒂西。

蒂西除了是举世闻名的登山家，还长得一表人才。他偶尔会去厄多的阿尔卑斯酒馆（il Bar Alpino）小酌几杯，通常是选在晚上去。多年以后，酒馆的女老板告诉我这位登山家经常来我们村子监工，并夸奖他是个了不起的人物。

老爸那时受雇于蒂西公司，在梅萨佐桥打工。由于工地附近没有食堂，我得大老远从厄多把热饭盒送到工地给老爸。每天走到皮内达要花一个小时左右，回程再花一个小时。我要是迟到就完了。

有一天，我提着饭盒走到兴建中的桥梁附近，发现工地右边的岩壁上有一个身穿宽松五分裤的男子，正以缓慢而稳健的动作攀爬。当他爬到约十米高的地方时，从口袋里拿出一把铁锤，将一根铁钉钉入岩石的裂隙，吊上铁环，再将一条绳子从铁环中穿过去。绳子慢慢往下垂，直到碰触地面。我坐下来观看，看得津津有味。这时，男子请一个工人过来，帮忙抓着绳子的一头。"我这就来，蒂西先生。"工人边回答边跑过去，然后用手紧握着绳子。在这条绳子的保护下，蒂西开始在岩壁上攀爬。他穿着方头附扣环的黑靴子，动作和猫一样灵巧、精确、优雅。过了约莫半个钟头，他轻松地折返地面。解开腰际的绳索后，他向工人道谢和道别。

这个游戏令我十分着迷，于是鼓起勇气，站起来，走向这位表演特技的大人，怯生生地问他，能不能也让我试一试。这个大人有一头深色的头发，往后梳。听了我的话后，他像个慈父般和蔼地对我说："再等一等吧，小朋友，再等一等，你现在还小。"说这话的同时，他抓起绳子的一头，开始拉扯，直到绳子的另一头从铁环滑出来，掉在他脚旁，自动乖乖地盘成一圈。当时我还不认识伟大的阿蒂利奥·蒂西，却见识到了他的绝技。遭到拒绝后，我不悦地转身离去，伤心地将饭盒送给老爸。

30年后，一个偶然的机会，我再度忆起这件往事。正值11月，我和梅内（Mene）、史瓦特（Svalt）在一块儿，准备将砍好的木柴利用空中索道运到山下。休息时，我上到蒂西练习攀岩的小岩壁，漫无目的地爬了一会儿。爬到一半，眼前突然出现大攀岩家在1958年钉入的那根岩钉。我使出浑身解数，用尽绝招，好不容易才来到那根岩钉旁。我不禁回想起蒂西在30年前，在同一个地点，像只金丝雀轻快地上下移动，真厉害！我用一块石头敲了一下，毫不费力地将岩钉拔下来。将它握在手中之际，我非常激动，心跳加速。

蒂西的岩钉现在已成为我的珍藏品。

寻宝记之二：格兰维的岩钉

皮诺峰由南、北两座刀状的巨岩所组成，山势崎岖险阻，地处偏远，人迹罕至，有如世界的尽头。从瓦琼水源附近幽深黑暗的普拉杜兹（Pradùz）拔地而起，在一处宽敞的岩棚稍事喘息后，如两把锐利的刀子，向上猛冲六百米，仿佛想将天空割裂。

皮诺峰是努多山的支脉。努多山像个谨慎而又慈爱的父亲，在不远处监视这两个孩子，用北面巨大的岩壁来保护它们。想抵达这两座壮丽的姐妹峰，得靠嗅觉，因为现在已经无路可走了。原来供牧羊人和樵夫使用的一些通道，在60多年前遭到遗弃。大自然在这些老路上起死回生，草木丛生，将道路掩埋起来。每走一步，都可能迷路，得张大眼睛，小心为妙。

就先从开路先锋们在百年前用镰刀砍下来的残枝找起吧。其中一位先锋，是狄塔家族的菲利切·菲力平（Felice Filippin）。他是唯一熟悉这个地狱般所在的专家，活了将近一百岁。我就是透过他才得知皮诺峰已消失的诸多通道、入口和小径。他从前住在梅萨佐谷地尽头一间神秘的小木屋（现在已改建成登山客招待所），和子女们一起烧制木炭。他过世以后，我向他的子女布鲁诺（Bruno）、北披、保罗、奇切请教，以进一步了解梅萨佐谷地的秘密，了解老先生来不及传授给我的细节和路线。

过去百年间，曾经抚弄过皮诺峰的登山家屈指可数。一马当先的，是蒙塔纳亚谷尖峰的开路先锋格兰维。1904年9月17日，他登上了皮诺峰的北峰。可惜他在完成这项壮举后不久，被他热爱的祖国奥地利境内山区的落石击中而毙命。很巧的是，他登上皮诺峰和两年前登上蒙塔纳亚谷尖峰是同月同日。1906年8月30日，了不起的高山向导路易吉·焦尔达尼（Luigi Giordani）带领两名德国人一起征服了皮诺峰的南峰。此后，皮诺峰被世人遗忘了好长一段时间，直到1967年，才又有另一位德国人，因为对瓦琼谷地的魅力深感着迷，顺便去探望那对姐妹峰。这个人就是工程师沃尔夫冈·赫贝格，他以两年的时间在皮诺峰开辟了三条新的路径。

从1970年到1980年，这对姐妹峰再度陷入隐蔽凄凉的景况，但这正是它们如此迷人而神秘的原因。重新打破幽谷的沉默的，是伊塔洛·菲力平和我本人。1981年夏天，我们开辟出好几条新路径，从此以后，我像着了魔似的，对皮诺峰念念不忘。

若干年前，我从意大利文版《格兰维日记》，得知这位蒙塔纳亚谷尖峰的先驱在皮诺峰北峰的岩壁上留下了一根岩钉。书上详细说明那根岩钉的位置：就在峡谷中途深色峭壁的出口左侧，一块倾斜的岩块前面。我一向热衷于收集登山界名人的遗物，年代越久远就越着迷。一想到可以将一位大登山家的岩钉占为己有，我就兴奋得睡不着觉。

9月的一个早晨，我动身前往梅萨佐谷地，寻找我的偶像遗留下来的钉子。那是个晴朗的好日子，但那天的太阳有几分忧郁，令人想到秋天。我走在菲利切·菲力平向我透露的一条已经消失的小径上，不禁想到格兰维在90年前，也曾踏着沉重的步伐从那上头走过。我很快就找到他开辟的登山路径的起点，就在一条清澈的瀑布旁。

这条路径沿着一个直立的裂口展开，裂口有如被巨斧劈开，从山脚一直延伸到顶峰。攀登了大约三百米后，我撞见了格兰维口中"很不友善、看起来似乎无法攀登"的深色峭壁。我发现其实很好爬，因为有一些深如水塘的立足点。到了这个路段的尽头，我抬头往上瞧，果然看到了格兰维的岩钉就在那儿：在最后一个立足点上方约一百米、一块倾斜的岩块前面。

岩钉的小孔内吊着一个造型怪异的大铁环。我心跳加速。岩钉和铁环都刻着岁月的痕迹，全生锈了，因为风吹、日晒、雨打、受冻而腐蚀。经过一个世纪的时光，这两块可怜的铁片更加消瘦了。山和海一样，也会释放出孤寂的盐分，使万物化为粉末。但海起码会存留下来，山却刻意将自己孤立起来，自行解体，直到完全消失为止。

我战战兢兢地从工具箱拿出铁锤，准备将岩钉从岩石内敲下来。我小心翼翼地用铁锤敲了三下，同时用左手紧抓着岩壁。为了避免往下掉落，我打算岩钉稍一松动，就用手指将它卸下来。就在这一瞬间，我隐约感觉到格兰维在旁观察我的一举一动。或许这位大登山家想让他的岩钉留在北峰，于是和我开了个大玩笑吧……当我用锤子敲第四下时，岩壁突然噼啪一声裂了开来，岩钉连同铁环开始沿着岩面往下坠，还发出银铃般的叮当声。我目视着它们的动向，希望它们能停下来。但事与愿违。岩钉和铁环继续往下坠，发出的铃响越来越慢，最后，在峡谷中消失得无影无踪。我失望极了，朝着原路往下爬，再到谷底寻找那个珍贵的遗物。找了好几个小时，毫无所获。岩钉不见了。

后来，每当我回到这一带，总会寻寻觅觅，冀望它突然出现在我眼前。但直到今天，我还没遇到过这样的好事。格兰维的岩钉硬是想留在原地，留在皮诺峰北峰西面的岩壁间。

登山家到海边

最近两三年,我经常遇到一种很不寻常的现象……倒也不是什么令人不愉快的事,而是受邀出席各种会议、文化活动或体育活动,或是去促销书,或是演讲,谈高山、树木、酒精的害处等各种不同的议题。

这些事令我开心,不过更促使我反省。尤其会让我回想起当年,想到我年轻时老爱寻欢作乐、叛逆打架、醉酒闹事、非法盗猎,也会想起做过的苦工、吃过的苦头,而今天的我,却经常以贵宾的身份受邀到各地。每当我想到这里,都会窃笑。

浪子回头金不换,只要真心悔改,永远也不嫌迟,只是成功的概率很低。想重新赢得这个无情而不肯轻易饶恕的社会的信任,说真格的,并不是一件简单的事。对于这些令人愉快但偶尔也蛮无聊的差事,我欣然接受,而且总是非常好奇,有点自负,加上几分腼腆。

最近一次的邀约,是在2002年10月。"弗留利多洛米蒂山自然公园"(il Parco Naturale Dolomiti Friulane)的主管,利用的里雅斯特举行帆船比赛的机会，邀请我到那个海港，向海边的人介绍我们山上美丽的公园和切利纳谷（Val Cellina）。

来自克劳特村几个和蔼可亲的专家，也将在同一个场地介绍塔尔维西奥（Tarvisio）主办的"世界大学生运动会"（Universiade）。克劳特村曾在新盖好的冰上体育馆主办过冰上滚石赛（Curling）。

好几天阴雨连绵，一直下到10月13日，总算放晴。出发那天，天气好得不得了。远离我热爱的山，固然有些遗憾，但我可不想错失生平第一次乘船兜风的好机会啊！克劳特村的朋友清晨六点来接我。的里雅斯特的海一望无际，天连着海，海连着天，水天一色，浩浩荡荡。

等候上船之际，我在码头散步。放眼望去，只见一片广大的森林，绵延好几公里，林中的树光秃秃的。那树，就是停泊在码头边的帆船桅杆，现在，正扬起五彩缤纷的帆准备起航。那场面真是壮观！

我对航海一窍不通，连连吃了好几惊，于是向一位美丽的女士请教。她将和我们一起上船，尾随在参赛的帆船后面观赛。她非常专业，用一些优雅的术语向我解释帆船的种种。但我不是什么文雅的人，只想知道浮在水上的这些宝贝到底值多少钱。

女士露出和善的笑容，似乎在为即将带给我的冲击致歉，然后慢条斯理地说："这个嘛……一艘至少一亿五千万至两三亿里拉。你看那面帆樯。"女士用手指着一艘船上的桅杆，继续说道："光那一根，就值六亿了！至于那片很大的帆（她甚至还叫得出名字来），约九千万。"

天啊！我心想，只要其中一根桅杆，我就可以盖一间小木屋了，而且从此游手好闲，也不怕饿死。如果坚持只想盖小木屋呢？那么，从那里扯下一块帆布就够了。

"清楚了。"我回答，"谢谢。"

"登记参赛的帆船有两千艘。"女士接着说，注意到我一脸惊异地看着那片浩瀚无际的森林就要启动了，"停泊在这里的，还有一千多艘船，准备跟在后面欣赏船赛。"

我试着做点算术，将一艘帆船的平均价钱乘以三千，但立刻放弃。我的脑筋早已习惯根据工人的最低工资来计算，根本算不出来。

不过，还有另一个东西比帆船的天价更令我伤心嫉妒，那就是船上的水手。为什么他们个个都长得那么好看呢？都是那么高大、壮硕，留着一头长发，长着一双碧眼，一副自信满满的样子，而且总是晒得一身古铜色，皮肤上总是沾着一些盐巴。从他们的穿着打扮，我找出最炫的几位水手，他们全身上上下下都是名牌，讲究、时髦，又无可挑剔。再看看我自己，那一天在的里雅斯特穿的是老旧的皮鞋和登山裤，一副菜鸟样，和这个地方实在是格格不入！我真替自己难过。

在这个闹哄哄的地方，唯一让我感到亲切、可以当成忠实朋友对待的，是那片海。它善解人意地对我说："孩子，别难过，不要比来比去，也别放在心上。人家爱怎么享受人生，你就随他们去吧。每个人，包括你在内，偶尔都想放纵一下，以暂时忘却人终有一死的命运。你就是因为嫉妒，才会这么放不开。"

说得有理。明白这个道理后，我的心情很快就好转了。

我们依序上船，等一下就要跟在参赛的帆船后面了。大轮船内约有两百个人，先专心地听专家们演讲，轮流介绍塔尔维西奥主办的"世界大学生运动会"以及"弗留利多洛米蒂山自然公园"。演讲结束后，大伙儿一起品尝山上的特产和上好的葡萄酒。

启航时刻终于到了。我看着两千艘帆船同时出发的奇景，内心激动无比。太精彩了！这一幕真是笔墨难以形容。为了能够好好欣赏，我坐在甲板的椅子上，看着五颜六色的桅帆乘风破浪，有如几千把刀子在切割一块巨大的蓝布。

海鸥害怕被桅杆的尖头刺到，飞得更高。那位迷人的女士还在我身旁，向我播报比赛的实况。每一艘船、每个船员，她都认得，真令人惊讶。她加油的那一队后来赢了，我想纯粹是运气吧。

我问她会不会驾驶帆船。

"我丈夫会，"她笑着回答，"他这次也参赛呢。"

我们在海上待了将近三个小时，害得我的胃有点不舒服。回到岸上时，大约是下午两点，回家还太早，于是我和克劳特村的朋友们说好，绕到乌迪内参观弗留利美食节。这个美食节办得非常成功，盛名已经从弗留利传到外地了。

我在乌迪内撞见另一片海，那是一片人海，万头攒动，如起伏的海波，在市中心的每条街道缓缓流动。我从来没见过类似的景象。挤在人海中的感觉，比在的里雅斯特的海中更自在。起码，这里不会让我觉得格格不入。在乌迪内我可以多喝几杯，不怕被阻止。的里雅斯特那头，要是在随着海浪摇晃的船上喝酒，酒可不会乖乖地待在胃里，但在美食节上就可以尽情地喝了，何况我要是喝醉了，也不至于不支倒地，因为这里的人潮是那么拥挤，根本没有空隙让我倒下去。

好几杯黄汤下肚后，得去小解。好不容易找到了洗手间，可是管理员却告诉我们，要捐点钱才可以进去。我们一行共有六个人，大家都没带零钱。我一时兴起，想大方一下，于是摆出一个惹人侧目的姿势，将一张五欧元大钞丢进入口的鞋盒里。大伙儿尿尿，就算我请客。

我们游荡到很晚，差点没办法回家。后来多亏谢尔金（Sergin）帮忙，才找到车子开回切利纳谷，结束一天的行程。

我想，我还会再度光顾船赛，也会再度光顾美食节。那两片海都很值得我这个登山家重游。

第四部

采石之歌

消失的路径

每当万灵节①即将来临,冬的萧瑟冷清也随着降临布斯卡达山的大理石采石场。这山的海拔一千八百米,能在那上头挨过严冬的可能性微乎其微。于是,每年1到10月底,不需要任何信号,我们就自动自发地收拾起工具。首先是大型的器械:起重机、支柱、滑轮、千斤顶等等。先小心地上润滑油,再不慌不忙地一一收拾起来。

我们每个人都知道干活的季节已经接近尾声,但还是继续埋头苦干,开采大理石。而这时,我们总是一只眼瞄着天空的动静,一只脚踩在一条路上,准备一旦下雪就开溜,即使是深夜也照溜不误。雪积到半米高,随时可能发生雪崩,到时想走就走不了了。

11月天冷,太阳早早就从伯加山的山脊落下,而在完全隐没之前,余晖会将辽阔的帕拉扎的草地切割成两半:下半是阴冷的影子,上半在夕阳的照耀下,成为熊熊的火海,枯干

---

① 11月2日,天主教节日,为所有在炼狱中的死者的灵魂祈祷。

的禾草仿若金浪。这个景象在春雪初融的时节也看得到，但只持续片刻。长长的阴影迅速上蹿，直抵帕拉扎的峰顶，才一转眼工夫，整座山就被冷森森的暮色笼罩。

到了11月，我们寄宿的工寮仿佛察觉到即将与我们分离，而弥漫着一股哀伤的气氛。晚上我们会早点就寝。年长的采石工再也不想说故事。卖力工作了八个月之后，他们累了。也或许单单因为他们知道再过几天，大家就要挥手告别，各奔东西，回到老家独自去面对漫漫长冬的缘故吧。

虔诚和蔼的老石匠皮鲁奇（Piaruci）每天傍晚总会走到这条路的一处转弯。那里耸立着一棵落叶松，树上有他设立的一个小壁龛，里头供奉着一尊木雕的圣母像。老石匠每晚到这树下点燃一根蜡烛，以告慰全村的亡魂。

这条路衔接美拉石屋（Casera Mela）和采石场，简直就是一件艺术杰作。它以极缓和的坡度，在两地八百米陡峭的落差之间蜿蜒而上，走起来让人有如走在平地上的错觉。我们这几个年轻小伙子（共计四个人）每到星期一，尤其能够体会这条路线的好处。经过前一夜的狂欢，星期一一大清早五点又得爬上采石场，不是一件容易的事。要是只有崎岖坎坷的路走，就糟了。很可能不知过了多久，仍拖着沉重的脚步在原地踏步呢。但我们得在七点以前报到，否则就会惨遭解雇。这条路的每一段、每个转弯、沿路的一草一木，我都记得一清二楚。我曾花了半辈子的时间走在这条路上，而在采石场工作那段时间，年纪还轻，根本还没想到结婚这码子事。当时哪里想得到，有一天会和我今年二十一岁的儿子一起走在这条路上呢。那是2002年秋天的事，适逢万圣节①的前一天。我们在那天下午爬到帕拉扎的顶峰。

那上头铺着白石灰岩，长年风化的结果，外观有如史前怪兽的下颚骨。我们爬到峰顶的时候，二十头羚羊正站在那里遥望地平线，享受最后的日光浴。或许它们已经预知严冬就要来临，苦日子在前头等着它们吧。和儿子一起下山来到一处转弯时，我放弃了马路，改朝右前方走去。我想重温旧梦，取道昔日通往采石场那条心爱的路。但那条路却不见了。

森林察觉再也没有人用得着这条路，重新将它占为己有。大自然果真会根据实际的需要，赐予人类果实或予以拒绝呢。25年来，沿路上新长出好多树，其中最多的是落叶松。现在还不太高大，但它们有的是时间去滋长茁壮。起初我费了不少劲想找出那条老路。但景观变了，通道也阻塞了。连那条利用滑橇搬运大理石块的木造滑道也不见了。

这条路长达一千五百米，如今到处杂草丛生，只有少数几处例外，覆盖着岩石。这几段短短的岩石路段，露出一些橡木横梁，但现在早已被时间腐蚀得不成样子。我找得好辛苦，不过最后还是找到了这条路——因为一条路就算从地球上消失，也会在人心中留下轨迹。

我凭直觉顺着这条路前进。过了这么多年，重新走在心爱的路上，内心好不激动。路上铺满新落下的树叶，走起来软绵绵的，似乎想缓和一下被回忆勾起的愁绪。每走两三步，

---

① 11月1日，万灵节的前一天。

昔日的某个情景、某段情节，就会浮现在我脑海。看到那片草地，就想到某个星期一上午，我和卡莱爬到半路，双眼已经快睁不开、再也爬不上去了，索性躺在那里打了几个小时的盹。后来因为迟到，被老板狠狠地训了一顿。那块岩石曾经搁放过我和北波（Bepo）运到一半的煤油罐，只为了让肩膀休息休息。而那棵山毛榉呢，曾吊着我在附近的库摩聂平原猎到的羚羊。我在贝尼托的协助下，将这头羚羊挂在树枝上然后剥下皮来。

接着我看到那块圆木，现在已经腐烂了。卡隆（Carlòn）在爬最后一段上坡路之前，会坐在那块圆木上抽最后一根烟。时间过得好快，多少事物都变了！我的工作伙伴们大多也已经离开人间。连当年年纪轻轻的卡莱和北波也走了。十八个人如今只剩下五个。想当年，每当万灵节那天，大伙儿会从采石场下山，到村里的墓园参加悼念亡魂的仪式。然后再度上山，好好把握这最后几天的好天气认真干活。

和儿子下山时，我意外地发现皮鲁奇设在树上的小壁龛。现在已经弃置不用，木头也已经腐烂，孤零零地悬垂在落叶松上，在枯黄的秋色中若隐若现。再也没有人会到树下点燃蜡烛，以告慰亡魂。曾经有这个习惯的人，早已作古。至于那些还活着的人，包括我在内，总是行色匆匆的，要不就是不信这一套。也或许只是迷失了方向吧。我将这些故事说给儿子听，说着说着，突然觉得喉咙好像被什么哽住了。那段美好的时光竟然没有留下任何蛛丝马迹，说什么都无法让我接受这个事实。就连那条路，也不见了。啊，全都不见了：老友、岁月、青春、热忱，以及过往的生活方式……全都不见了。

　　我想，人生就好比一长串的迁徙，在这过程中，许多事物消逝了，但同时也出现了一些新的事物。这样想，我就好过一点，于是，重新振作，向前迈进，既不抱任何希望，也不陷入绝望，只是平心静气地等待人生最后一次的迁徙。

神秘的蓝眼睛

工人们在那上头卖力地开采大理石。一天苦干十五个小时。十个小时忙着敲敲打打,将有瑕疵的岩石敲成碎块,另外五个小时轮流值夜班,看守采掘山上大理石矿床的那架附有两公里长钢索的挖沟机。

为了节省炸药,我们必须靠手工,用斧锤将大理石块敲碎。比较年长的工人经验老到,地位不容置疑,只肯做雇用合约上明文规定的几项差事,因此,敲碎石头的苦工几乎全落在我们这些年轻小伙子的身上。我们必须将不完整或内部断裂的大理石敲成砖块般大小。一块大理石重达两三万公斤,全靠斧锤慢慢地敲击。敲出来的碎块堆积在采石场的边缘,像一座金字塔。累的是我们这些菜鸟,不是那些老鸟。

可是,待敲的如果是红中带蓝那种最珍贵而稀罕的大理石,那么,老鸟们也会拿着斧锤过来凑热闹。为什么呢?因为他们和我们这些年轻小伙子一样,希望能找到鲨鱼的眼睛。夹杂着蓝色的大理石里面有时藏着核桃般大小黑色晶亮的圆球,但这种机会少之又少。那是鲨鱼眼球的化石,自远古时代就在山的腹部沉睡。想找到这种黑珍珠实在很难。运气好的话，一个开采季下来，大概可以敲出三四颗吧。它那神秘的美，令人难以逼视。黑而亮的颜色，反射出强烈的太阳光，令人目眩。起初眼睛会被一道强光刺到，好像被激光伤到。瞳孔需要几分钟的时间才能习惯这道尖锐的光芒。

眼睛迷惑了一下子、恢复正常的视力后，可以看到那颗埋在幽暗深邃的地底下数百万年的小圆球上面，所反映出的蓝天、高山，以及帕拉扎草地。那小圆球好像是有生命的东西，从遥远昏黑的边陲来到这里，见识一下明亮国度的光芒，顺便偷窥一下人类的眼睛。收藏家比照黄金的价格来收购这种鲨鱼眼化石。我认识威尼斯（Venezia）一位富有的玻璃商，对此最是热衷。一颗黑珍珠他付给我的价钱，相当于采石一个月的工资。

正是这位威尼斯商人向我解释：那些小圆球不是别的，而是鲨鱼的眼睛经过几百万年之后形成的化石。他没念过地质学或其他相关的学科，这个理论纯粹是他自己的假设，不过他声称有十足的把握。有一天，他向我透露说，他已经花了一段时间从事一项计划，以玻璃仿造那神秘的眼睛，然后从事大规模的交易。我最后一次见到他是1976年。天晓得他是不是还活着、有没有成功地仿造出黑珍珠来。但不管那黑色小球是怎么来的，我们这些工人反正对这一点没兴趣。重要的是持续以无比的耐心在石块上敲敲打打，将它找出来，好赚点外快。

不过，某年的夏天传来另一个消息，使大伙儿的眼睛睁得更大,白日梦做得更起劲。

每年7月老板都会来探望我们。那一年他满七十五岁,也照往例前来。他名叫约瑟夫·菲雷尔(Joseph Führer),拥有遍布全球的采石场。那天同行的,还有他的儿子弗朗茨(Franz)以及十来位专家。在餐厅用餐的时候,话题转到鲨鱼眼化石。这时,菲雷尔公司的大人物 P.A. 面对着我们这些工人,神情严肃地说:"你们当中要是有谁找到了一种蓝色的小圆球,只要找到一颗,这一辈子就不必再工作了。这种东西很稀罕,价值比钻石还高。全世界顶多只有十颗左右。对它有兴趣的人,一颗愿意付好几百万呢。"

"到底是几百万呢?"我听了吓呆了,叉子停在半空中,追问下去。

"至少也有一百个一百万,有上亿吧。"大人物回答。

大家彼此对看——当然是只有我们这些工人,客人们则继续用餐,并没有对看。

从那天起,我们更加拼命地敲敲打打,也不再那么哀伤。希望终有一天,能在石头里头找到改变命运的稀奇宝贝。但好不容易出现了小圆球,总是黑色的,而且,自从我们听说了它的蓝色姐妹之后,黑珍珠在我们眼中已不像以前那么美丽。虽然如此,大家还是继续抱着一线美好的希望,卖力敲打。晚上,大伙儿在餐厅内冒热汽的浓汤前面,表达个人的梦想。

"要是找到了,我要给自己盖一栋新房子。"贝尼托如此描绘他的前景。

"我要买一块地，"老皮恩（Pin）说，"然后靠生产农产品和好酒来维生。"

另一个工人想买一辆豪华轿车。大部分人的美梦，是在波代诺内买栋公寓，然后靠房租的收入来过活。

奇切笑着说："我喜欢这座采石场，所以要把它买下来当老板，监督你们干活，嗯，不过一天只要做五六个小时就好了。"

那个时候，我想要一辆摩托车。没有人说渴望去旅行。我们全都不是好迁徙的动物。

一天晚上，大伙儿比平日更辛苦地干完活后，亚科发表了一番很扫兴的高论。

"我要是找到了蓝眼珠，会先拿去卖，因为总得先确定一下是不是真的值那么多钱啊。卖了以后回到山上，我要去采石场内撒泡尿，再去买一把镶了银苹果的拐杖，然后开始在村子内四处闲逛，直到死了为止。"

但梦总归是梦。过了很长一段时间，始终没有人找到蓝眼睛。经过多年的埋头苦干、徒劳的寻觅之后，我们开始怀疑：蓝眼睛的故事，是那位主管捏造出来的，好骗我们更加卖命。或许我们所怀疑的是真有其事，但私底下，我们却不愿意承认。倒不是因为我们觉得被冒犯或是被人玩弄。不，不是这样的。我们只是不愿意放弃终有一天可以改运的梦想。而直到今天，这个念头还一直在我脑中盘旋。我仍执拗地相信布斯卡达山的腹中怀着一两颗天空色的眼睛。

最后，我们终于放弃了，不再那么卖力地敲那些红中带蓝的石头。不过,大家都在暗中监视彼此的行动,同时窥视山的深处。嗯,谁知道呢?或许就凭着这股"不可知"的傻劲,总有一天,有人会挖到宝也说不定呢。

走运？

在山上的采石场，我们不再像刚开始听到珍贵的鲨鱼眼时那么狂热，不过，还是继续在上头寻觅蓝色的眼球。我们相当确定永远不会找到它，也因此，相当确定我们当中永远不会有人因此而致富。但我们始终抱有一线希望，就好像紧抓着绝壁边缘的一根干草，只为了不至于陷入绝望。至于我呢，并没有放弃梦想。就算运气欠佳，只是找到黑眼珠，收藏家比照黄金的价格收购的那种，我还是会很高兴的。

我一副漠不关心的样子——这当然是装出来的——端详碎石块的内部，同时忆起一首背得滚瓜烂熟的老诗。这首老诗述说一则寓言，说从前有两个兄弟，从临终的父亲口中得知他们家的田地下埋有宝藏。春天来了，他们开始去挖那块田，希望能挖到宝。因为他们只有一把铲子，只好轮流挖，疯狂死命地挖。一整个星期，他们将土壤翻过一遍、再翻一遍、又翻一遍，那块田变得像羽毛垫子般柔软，但最后却什么也没找到。他们就此打住，忍不住咒骂起老爸，怪他一个月前，就要死了，还要捉弄他们。

为了不白做工，他们回到田地上撒了一些种子。过了一段时间，种子开了花结了果。有一天晚上，两兄弟在打点收割的工具时，终于发现了宝藏。这首诗的最后一句透露了那宝藏就是"一把金头的铲子"。

这首押韵的寓言固然很美，却不足以让我相信在采石场内，在千斤顶、脏脚、斧锤、滑轮之间会藏有一点点黄金。真正的宝藏或许藏在青春岁月里，在我们仍是生气蓬勃、干劲十足、充满希望的那段时光里吧。也或许藏在苦役的重荷中，在我们一天又一天在石头上敲敲打打、采出一点血红大理石的那些日子里吧。我们有如被打入地狱的亡魂，在一堆巨大的岩石间走动，那个混乱的景象，令人想起天地创造之初的混沌。

至于那天空色的宝石，没有人真的指望能找到它，可是却又相互监视着彼此的举动。万一发生了出人意料的事，万一竟然有人挖出了价值上亿的瞳孔，那么，所有的人早已做好准备，将不惜违背十诫中的第八条诫命，去把它偷来。

每当财富向我们村子叩门，村人就会团结一致、休戚与共，而友情、同胞爱，以及诸多好性情就会通通涌现。大家手忙脚乱、踉踉跄跄地追逐致富的机会，猜疑心变重了，话也相对地减少了。人人露出投机者的嘴脸，叫尊严、荣誉等德行滚一边去，只顾着一心向钱看齐。就这样，鲨鱼眼睛在采石工人之间引起了猜忌与怀疑。要是有人去太远的地方小解，嗯，一定是刚找到蓝眼睛，跑去将它藏起来了。要是有采石工不跟着大伙儿一起在周六下午下山，而提早离去呢？

嘿，一定是去和哪个珠宝商接头，好将蓝珍珠卖给他了。要是有石匠过早在碎大理石前面弯下腰来，大伙儿会赶紧跑到他身边，好确定一下他是不是找到了。

尽管我们一直怀疑蓝眼睛的故事是虚构出来的，但对它的注意力可从来没有完全松懈过。我们经常拿它开玩笑，将它当成茶余饭后助兴的材料。但这件事的本质，其实有很严肃的一面。而真的还有人不厌其烦地到贝卢诺的几家珠宝店展开调查，想知道是不是有一个留胡须、长发披肩、年纪轻轻的厄多人到这里向他们展示一颗蓝色的珠宝。碰巧其中一位珠宝商是我的朋友，我才会知道这件事。显然，这位扮演临时侦探的采石工人观察力不够敏锐，否则，人人觊觎的珠珠要是真让我给撞见了，凭他自己就可以知道了，何必多此一举呢？我一定会先让大家一睹它的光彩，将它收在一个安全的地方后，再请大家去喝一杯，一起高歌喝彩。

只有一个采石工人从来不找小圆球。他对这玩意儿没兴趣，甚至连低一等的黑珍珠也不搜集。他只顾着干活，管他自己的事，抽二流的粗烟丝，对蓝眼睛绝口不提。只有一次，他在被迫的情况下，发表对这眼珠的看法。他嘟囔着说，要是那东西出现在他眼前，他会举起斧锤将它击个粉碎。

时光在希望、失望，以及惨无人道的苦役的缝隙间流走，一年年消逝，这些年来，天空色的眼睛连半个影子也不曾出现过。可是，1977 年 6 月中旬的一个星期一，却发生了一件令大家又好奇又嫉妒的事。一名工人没来上工。一开始，我们猜想他大概是周末喝多了，行动困难，无法爬到山上的采石场。可是一整个开采季下来，他始终都没有露面。老板通知我们说他已经离职而消失了。没有人知道他的下落。大家交头接耳，说他突然搬到国外去了。至于是去哪个国家，则无从得知。

过了一年半，圣诞节即将来临的时候，他又出现了。时髦的穿着，全身干干净净的，开着像宇宙飞船的车子，抽着像棍子的巴西雪茄。

"一根二十马克。"他告诉我。

根据他的同僚所提供的可靠资料，我得知他去德国发展，没花多少时间，就开了一家冰激凌店，而那家冰激凌店就像印钞机一样，源源不断地为他生出钞票来。但和我聊起来时，他只是一笔带过，只说厌倦了采石场的生活，于是尝试换跑道。他后来一直待在冰激凌这一行，直到今天。

而直到今天，我也一直不曾怀疑过我的猜测。我非常确定，就是他找到了鲨鱼的蓝眼睛。在众人面前，他既不承认，也不否认，支支吾吾的，只说："我要是在一旁枯等蓝眼睛出现，早就饿死了。"这话让我觉得好笑，但继而一想，又有点生气。我气的，倒不是他抽的巴西雪茄。我气的，是这个幸运的冰激凌店老板，来到山上的采石场，根本不想听别人谈天空色眼睛的事。

菲雷尔老板

老板约瑟夫·菲雷尔每年到采石场探望我们一次。他会在一个星期前通知我们，如果有什么不妥的地方，我们才有时间整理。老板从不突然来访，让我们措手不及。他是位老派绅士，了解人生的甘苦和人性的弱点是怎么一回事。他不想给我们来个突击检查，看看有没有什么被我们忽略了，或是根本没有执行的。他是个正直的好人，而且为人慷慨。他上布斯卡达山那一天，是个很特别的日子。整个采石场必须打扫得干干净净的，焕然一新，好像在过节。

绕着挖沟机钢索的滑轮要涂上大量的润滑油，免得在老板面前嘎喳作响。八米高支撑钢索的铸铁支柱，先仔细地用细砂磨光，再用轻油擦拭干净，最后，涂上一层保护油，就会像个准备出阁的新娘子一样光亮美丽。

大小不同类型的起重机也被喂以各种美食——我们灌进大量的润滑油和石墨粉。松弛硬化的齿轮，还有润滑老旧的钢架、杠杆、轮轴、变速器等因长时拖重达数吨的大理石而疲软的零件，首先，全部都要泡个爽快的石油澡。变速器还另享受一道特别的甜点。那是一种美国制造的精炼润滑油，枣红色，看起来好像果酱。每当我打开一罐，总忍不住很想将两根手指头伸进去，舔舔它的滋味。吃饱又换上新装后，起重机会高兴得哼唱起来。

即便是一堆废铁，只要我们好好对待它，将它洗干净，并给予滋润和尊重，它还是会有正面的响应，变得更友善也更有用，好像要报答我们为它着想之恩。机器或许也有灵魂，而且有时候比人类还可靠。

等一切就绪，采石场一身盛装，面带微笑，等候老板驾到。

老板来访时，通常有四名经理陪在他身边。一位司机用吉普车将这群人从厄多载到泽摩拉谷高地木造滑道的底下。石料就是沿着这个滑道运到谷底的。我必须准备好供老板乘坐的滑橇，准时在那里守候。由于菲雷尔先生长得胖嘟嘟的，我在滑橇内钉了一块木板，让他乘坐起来舒服一点。经理们只能像普通人那样，直接蹲坐在滑板上。拖吊的钢索直径四厘米半、长约两公里。我们利用这条钢索运送重达两万五千公斤的石料。菲雷尔先生每次坐上去，就会盯着钢索，说："虽然我很重，不过这条钢索我信得过。"

他也信得过我。这段滑道的行程，要求固定由我来护送。来回两趟都一样。充当老板的保镖时，我会携带平日收在小屋床下的双管枪，好猎杀沿途出没的山鹑。晚餐时将猎物烤来加菜。有时还可以猎到野兔。我武装护送菲雷尔先生让他很放心，万一遇到什么存心不良的人还可以保护他。他很高兴有这么一位审慎可靠的保镖。

巡视完采石场后，他会仔细地观看大理石矿床尚未开采出来的岩脉，检查看看有没有什么问题。中午留在工寮的餐厅和我们共进午餐。他很客气，不重形式，也不会摆出老板的架子让我们有压迫感。

他知道我蛮会画画的，要求我在每块切割好的大理石上签上他的姓氏的第一个字母。用黑墨水画一个五角形的盾形徽章，然后在里头写上大写字母 F。这个差事真是太棒了，因为要画得好，得花上半个小时的时间，等于可以好好休息三十分钟。没有人敢催我要画快一点，连工头阿甘特（Argante）也不敢。因为这是老板要求的，必须遵守。

菲雷尔先生向我们道别前，会送每个人十万里拉当零花钱。这在 20 世纪 70 年代中叶是笔不小的数目。等我将他送到谷底时，还会再送十万里拉给我这位信用可靠的贴身保镖。

他很留意公司的名声。有一天，他告诉我说，厄多的采石场他一毛钱也没赚到，因为开采大理石和运送的费用都太高了。能不赔钱，就很高兴了。但这里开采的大理石非常珍贵，他不能停止供应，免得让老主顾失望。他是为了信誉、凭着一股傻劲在做这件事。这里的大理石是红棕色的，只有他的公司能供应，公司的声望也因此不断提高。许多企业巨子只因为赚得比预估的少就把工厂关闭了，他们真该向睿智的菲雷尔老板看齐。

他儿子弗朗茨和父亲一样善良而慷慨，但他的工作观比较现代化。他命人建造马路来运送大理石，不到几年，滑道就杂草丛生了。

菲雷尔老板赢得大家好感的另一点，是工资从不拖拖拉拉。他发给我们的钱不算多，但说老实话，这是我们应得的。每个月的 28 号，工资就会出现在厄多那间小办公室的桌子上，从来没有迟到过，连一两个小时也不曾晚过。凡是在人家手下做事的人，都知道准时拿到工资是多么重要。

我还记得最后一次护送他沿着滑道上山我们之间的对话。

当钢索慢慢地将我们拉往山上的采石场时，我问他："菲雷尔先生，您相信大理石里头真的藏着蓝眼睛吗？"

"年轻人，"他正经地回答，"财富很难凭侥幸得到。蓝眼睛得靠你自己去创造。就像我这样，是靠着每天辛勤工作，以及节约储蓄而累积出来的。只有靠这个方法，再加上如果上帝赐给你健康，最后才能得到一些财富。但相信我，一心只想致富并不值得。金钱只会使愁苦和烦恼增多。"

我已经好几年没有敬爱的老板和他儿子弗朗茨的消息了。他儿子显然已不再年轻，而老菲雷尔想必已不在人间。我真怀念他们父子俩。

采石场的一天

在布斯卡达山上的采石场，一个工作日的情况大致如下。规定五点起床。第一个起来的是老皮鲁奇。将双脚套进鞋子前，他会先在胸前画十字架。厨师安杰莉卡（Angelica）差不多同一个时候也起来了。她睡在厨房旁边一个小房间，和其他人完全隔开来，一起床，就生起炉灶的火，烧一锅水，煮咖啡。皮鲁奇画完了十字架，将大家唤醒。

"小伙子，起床喽。"他轻声地叫道。

采石工们纷纷将脚伸出温暖的被窝，边发牢骚边起身。我们这几个年轻人，总是拖到最后，在时限内才起来，急速地用过早餐后赶紧出门。有时，为了多偷睡几分钟，我们只能匆匆地喝一杯咖啡，而且是一口就喝光。和我同年的大卡莱有时继续睡得像头猪。如果没有人猛力将他从床上"丢"下来（这字用得一点也不夸张），他肯定会一直打呼到中午。大伙儿一起睡在一个大通铺。喝过咖啡后，吃点面包、前一天剩下的玉米糕、香肠、奶酪，再来两杯白酒。然后低着头，一字排开，沿着一条陡峭的小径，鱼贯爬到山上的采石场。

夏天的话，六点半开始上工。每个人各就各位，从前一天未完成的工作开始做起。经验老到的工匠杰罗尼（Geroni）开动巨大的压缩机，将空气打进凿石机内。贝尼托先在岩石上钻一长排的深孔，孔深有时可达两米。到了晚上，他一身的灰，活像一具活石雕。钻好了以后，将钢制的楔子打进孔内，再用长柄大锤敲击，使岩石与大理石矿床分离。每名工匠走到自己的岩块前面，就好像熟人一样，再花两三天的时间，慢慢地锤击，将它裁成完美的平行六面体。

完工后，工头阿甘特在切割好的岩石的表面上放一个水平仪，如果被他发现有些微的凹凸不平，可不得了了。他会毫不留情地拿我们的工资开刀。有一回，我裁坏了一块石料的某一面，他竟然要将我辛辛苦苦累积下来的工龄减掉一年。

比较年长的工人轮流监视挖沟机的钢索以缓慢而坚定的动作，穿凿进入山的体内。这是一件轻松的差事，可以整天坐着不动，唯一的任务是留意钢索上有没有足够的水和沙，才能顺利地切割岩石矿床。我们这些年轻人又嫉妒又羡慕地看着那些在挖沟旁边享有特权的人。

有一回，轮到卡隆看守在山的内部嘶嘶作响的钢索。看到他坐在岩石堆上快乐似神仙地抽着烟，我向他表达我的不满。

他气得回我说："喂，你这个小子！我以前做了什么苦工，你知道吗？你们这些年轻人，什么都不会，该好好学做点事，而且对老人家要放尊重一点。等你到了我这把年纪，自然就可以坐在我现在这个位子。不过也要看你那时候是不是还活着。"

卡隆那时六十岁。

工头过来巡视一切进行得怎么样。虽然他快七十岁了，必要时，也会掺一脚，做点粗重的工作。

将石料装在滑橇内、往下运到谷底，是我喜欢的一件差事。这需要全神贯注、审慎思考，一点差错也不行，尤其是滚轴的位置，一定要摆好。在搬运的过程中，时间过得好快，一点也察觉不出来。

采石场上要是堆了太多的碎石块，要移到一边去。移走碎石块只有一个方法：用手推车沿着轨道推。手推车装满碎石块后，松开制动器，因为坡度很陡，得由四个人分站在四头推，慢慢地推到终点，将石块倾倒出来，整齐地堆放好。

我到采石场上工的第一天，被分派载运碎石块的差事。我对自己的臂力很有自信，想自个儿推就可以了。没想到才一松开制动器，手推车就猛力将我摔开，还把我当旗子般挥舞。我松开绳子，跌坐在地上。手推车自个儿滑到斜坡底下。我当场羞愧得满脸通红。真是个好的开始！我等着被责骂，没想到大家都很能体谅我。奇切问我有没有受伤。还好啦，只是手和膝盖有点破皮。他帮我一起用吊车将推车吊上来，大小卡莱伸出援手，和我一起将石块搬走。

大伙儿在中午歇工，以羚羊般的速度冲下去工寮的餐厅用餐。第一道是面食，第二道是炖肉配玉米软糕。吃到下午一点，准时上到采石场重新上工。7月天有时热得很，没有一点风，用完这么丰盛的一餐，又灌了酒，重新上工的感觉，就好像后颈被左轮连发手枪开了一枪一样。有时候，我几乎就要昏倒。幸好，这种无精打采的现象只持续约一个小时，等滞留在胃里的食物消化完了，我们又恢复气力，可以挥动大锤了。

每隔两天，轮流由两个人负责将石料运送到泽摩拉谷的谷底。将石料卸下来后，我们躺在滑板上，让吊车的绳索将我们吊回上面，好幸福。这份差事可以让我们完全放松地休息一小时，真是至高无上的享受。

一天的工作在晚上告一个段落，大家可以安详地享用晚餐。灌下好几碗浓汤、吞下好几块面包后，大伙儿趴在床上，听老工匠们讲故事。其他两个人这时还得回到山上值五个小时的夜班，看守切割岩石矿床的钢索。这份夜间值班的差事，每个年轻的工人都会轮到，每天晚上两个人，白天，则只有老工匠可以享受看守钢索的特权。老工匠在灯光的照明下，朗读书上的故事，其他人专心听。书本一页页翻过去，故事说完一则又一则。忙了一天，身体的疲累感逐渐消退，我们就在这种放松的舒畅感中，沉沉睡去。

采石场的燃料库内有一个发电机，靠燃料油启动，供应宿舍的用电。最后一个上床的人，得负责将发电机的电源切断。这几乎都是纳尼的事。一切断电源，宿舍顿时陷入一片黑暗与寂静中，一种如梦似幻、朦朦胧胧的气氛，将山上的一切团团围住。工人们太累了，连大声打呼的力气都没有，只有轻轻的鼻息声，从分散四处的床边传来。半夜，偶尔会有人起来，踮着脚尖走到外面的草地上小解，回来时也不发出一点声响，像个影子一样。我们沉睡一整夜，直到第二天早上，老皮鲁奇下床,画了十字架,轻呼一声:"小伙子,起床喽。"

于是,被打入地狱的亡魂,重新展开地狱的另一个轮回,在岩石间又动了起来。

采石场意外

一季又一季,在老鹰和羚羊的窥视下,我们持续不断地在山上露天的采石场开采大理石。丰沛的岩脉过去这么多年来生产了成千上万块的岩料,但在我们有计划、夜以继日的开采下,已经快要干涸了。工头想要移到上面一点的山上采掘。那里有一根紫红色的石柱,意味着从那里起,藏有另一层红色大理石矿床。

劳力的工作通常总是丢给我们这些年轻人,不过,这一次,工头也派老葛留(Garlio)来助我们一臂之力。虽然已经上了年纪,老葛留却和我们一样笨手笨脚的。倒不是因为能力差,而是因为个性腼腆。他就像那些温和害羞的好人,在平日的生活里不爱表现,更不想一手扛起责任来。他的人生标的很简单,不过就是当个搬运工、投保意外险(他已经遇过好几次意外了)、标会、三餐有得吃,加上有一点烟可以抽。他有大力水手般的力气,忍受肉体之痛的能力超过常人,本来是个意志坚定而勇敢的人,如果改行当拳击手,稳拿世界冠军。

那一天,我们一用过早餐,立刻被工头阿甘特叫去。

"你们这几个人组成一队，"他边说边用手指指着大卡莱、小卡莱、北披诺（Bepino）、我，还有老葛留，"到那上头将山的外壳剥下来，好让新的岩脉露出来。你们得在那里待一个多月，不过一完工，我们以后就有好几年的大理石可以开采了。"

要我和朋友以及友善的老葛留一起远离老是在铿锵作响的采石场一整个月，我还蛮喜欢的。唯一的烦恼，是得暂时放下石匠的工作。我自认为凿石的技术，和纳宁（Nanin）、奇切、皮鲁奇这些专家不相上下，要我搁置下来，真可惜。

我们的任务，是将山最外层的岩壁拆卸下来。这块岩壁接近长方形，有如一艘远洋客轮。先用尖锄一点一点地挖撬，再用手推车将废岩块移走。光看着那片山丘，我们就一个头两个大。何止一个月！我们一共花了三个月才完工。这三个月的工作固然辛苦异常，却也充满欢笑，大家心情都很好。葛留用笑话、小故事、短诗等精神食粮来使大家振作。同僚们因而戏称我们为"那群不知死活的"。

一整天干下来，肩膀都快裂掉了，不过这个任务难度不高，不需要像在下面的采石场那么精确、留神。当我们遇到挡住去路的大岩块时，就会去叫贝尼托来。贝尼托是爆破专家，他迫不及待地用一束炸药将大岩块炸成灰。

有一天，我问葛留，以他的看法，我们会不会在新的大理石矿床内找到鲨鱼的蓝眼睛。那天很热，我们刚用完午餐，照例是一顿丰盛的大餐，准备重新上工。

"哼，你想我会在意那玩意儿吗？"他对我怒吼，"我都快退休了,不想再听到什么采石场、什么眼睛、什么工头的。什么都不想听!"

说完,就跑到一棵落叶松弯曲的树干上,平平静静地抽起烟来。

阿甘特在下面注意到葛留在抽烟,做了个手势,要他过去。葛留慢慢地走下去。我看到他们俩交头接耳。原来,工头派他去一公里外的帕拉扎的台车那里,将绳索拉紧。

"这样你想抽烟就尽管抽吧,不会浪费时间。"工头做了这样的结论。

拉紧绳索前,需先旋转手把,将台车的绳索松开,再重新调整。台车载有巨大的大理石板,每辆重量超过一吨。

葛留拖着疲倦的步伐离去。过了很久,已经超过一个小时了,我们这位朋友还没回来。

"大概在一块岩石的阴影下睡着了。"大卡莱如此宣判。

大伙儿开始担心起来。工头叫我过去,派我去看看究竟葛留是被什么事困住了。我立刻跑去,像鹿一般跃过重重的障碍,跑到离台车一百米远的地方,我听到一声声哀号。一看,在叫的正是我的朋友葛留。他跪着,肚子几乎碰到地面,右手激动地挥舞着,要我过去。我加快脚步,走到他身边时,看到一幅既可悲又好笑的场面。

老工匠左手的食指卡在台车的滑轮内,第一截指骨被从滑轮轮槽滑出来的绳索夹到,几乎就要被压扁了,现在只剩一小块肉和食指连在一起。这意外是在二十分钟前发生的,这段时间葛留虽然拼命呼救,却没有用。绳索的噪声太大,我们又离他太远，根本听不到他的叫声。就这样，这位可怜的工匠像只落入陷阱的貂，独自在那里挣扎。滑轮和下面的草沾染了一点血迹。

一看到我，他马上吼道："赶快，赶快，转一下台车的手把，我快受不了了。"他看起来相当惊慌。

我努力转动手把，却怎么也转不动。看了一下滑轮，心都凉了。滑出轮槽的绳索压到葛留的手指后，卡在轮轴和台车的支柱之间，动弹不得。

"没办法，"我告诉葛留，"动不了，绳索卡住了。"

我试着用手推台车，但这么做实在很愚蠢。台车承载着一千多公斤的重量，沉甸甸地压着车下的轨道，想推得动它？哪有那么容易，连一毫米也移动不了。我叫葛留忍耐一点，我这就去叫其他工人来。

"不行，"他说，"太久了，我撑不下去了。"

说完，用可以自由移动的那只手，从裤子的口袋抽出一把折合式小刀，交给我，说："将刀子打开，把那块割掉。"

我照他的话将刀子打开，刀刃在阳光的照射下发出耀眼的光芒。我转了几下，把刀子还给他。

"不想割，我做不到。"

葛留没有反驳，抓住刀柄，利落地朝着被卡住的手指割了一刀，将还黏在手指上那一小块肉割掉。然后用一条脏脏的小手帕按住伤口，火速地离去，虽然我们在工寮里放了一个急救箱，但他根本没从前面经过，直接冲到厄多找医生。

他离开以后，我想起狐狸来。当狐狸落入陷阱时，会啃食陷在里面的脚,直到从陷阱中挣脱,然后开溜。

十五天后,我们的朋友又回到采石场上工了。比以前更有朝气——虽然手指骨少了一截。

一条裤子

爷爷菲利切常说，遇到横祸，不要拼命和它格斗，要一笑置之，这样"才不会每次遇到倒霉事，就觉得自己打了败仗"。

为了说明这个说怪不算太怪的信念，他举了一个例子。

"好比说吧，小朋友，谷仓要是着火了，绝望有什么用？大惊小怪地去扑灭又有什么用？应该笑一笑，将两手插在口袋里，好好地观赏这场火。谷仓自个儿想着火吗？那就随它去吧。等烧完以后，要是能再重建一个谷仓，就重建一个，要是不能，那就换个生活方式或改行吧。别求厄运可怜你，厄运不会可怜你的，只会一而再、再而三地羞辱你。厄运要拿走你的东西，你就给它吧，等恢复力气以后，再心甘情愿地从零开始，重新出发。"

说到横祸，爷爷的确是遭遇过一些，却也从来没被击倒过。爷爷所教给我的许多功课，因为时间久远，有些已经丢还给他了，有些则谨记在心，而且还付诸实行。

好多年前，我接到军队身体检查的通知，必须前往乌迪内的新兵征召处待三天。我那年十八岁，当时正在布斯卡达山的采石场开采大理石。同年的友人阿尔曼多（Armando）也收到通知。我们两人得一起在6月中出发前往弗留利省的这座美丽城市。

我告诉采石场的同僚要请假三天，但没多做解释。有一个人怀疑我是要去卖蓝眼睛。大卡莱相信这个说法。

"嘿，起码让我看看它长什么样子嘛。"出发的前一天晚上，他拜托我。同年10月，将轮到他和小卡莱一起去做身体检查。

在乌迪内我有几次外出活动的机会，就趁机在市内到处走走。我不久前才在这里的贝托尼学院（il collegio Bertoni）上过学，对这个城市大致很熟。一天晚上，我在街上闲逛的时候，目光被一条长裤吸引住了。这条长裤摆在一个通明的橱窗内，美极了：黑布裁成，饰以精细的横棱线，小喇叭，是件高级品。我从来没见过这样的货色。屈身想看看标示在窗玻璃内的价钱。哇，也未免太夸张了吧？我向友人阿尔曼多发表对这个价钱的意见，我们一致同意把我俩当时皮包内所带的钱凑起来，还是差了好几个光年那么远。

三天很快就过完了。从长官口中，我得知我们俩都通过了，然后一起回到村子。可是，那条裤子的影像深深刻印在我的脑海里，我甚至已经看到自己穿上它的样子了。回到采石场时，我心中只有一个念头：等领到下笔工资，我就回去乌迪内买下那条热切渴望的长裤。嗯，就这么办。

采石场周六也要上工。周五领到工资后，我必须向工头请假一天，下山到城里一趟。阿甘特马上就准我假。同僚们再度怀疑我找到了蓝珍珠，尤其是年纪和我差不多的那些哥儿们。

"你是去乌迪内卖蓝珍珠啦。"他们异口同声地说。

"不，不，不，我是要去乌迪内买一条长裤。"说是这么说，但我脸上的表情，任谁看了，都会认为我已经用手帕将蓝眼睛包好，放在口袋里了。

我一大早出门。先从厄多步行到奇莫拉伊斯，从奇莫拉伊斯搭焦尔达尼客运（la Corriera dei Giordani）到马尼亚哥，再从马尼亚哥换火车到乌迪内。我把整包工资袋都带过来。一抵达乌迪内，我直接跑去卖那条长裤的店。哦，是家"精品店"，不过这个时髦的词汇我是多年以后才学到的。

三名美丽的店员一看到我，立刻就知道有冤大头上门了，但对我还是客客气气的，并没有无情地敲诈我，只是看着我在一块布帘后面不自在地试穿不同尺码的长裤时，偶尔会偷笑。终于找到合适的尺码，我立刻将它买下来。真是合身极了。我将包装好的长裤放进背包里，返回厄多。

过了一个礼拜，星期六晚上，我穿着这条长裤和北披去克劳特的露天舞厅。我对这条新裤子得意极了，觉得自己很帅——不，不只是觉得，是很确定。我甚至认为这条长裤能让我更顺利地钓到女人。呸！结果一个也没有钓到，倒是灌了好几瓶红酒。

到了很晚，我想小解，但厕所离这里太远了，我想到可以越过舞厅外的围墙尿在黑漆漆的草地上。正在爬围墙时，我听到有东西撕裂的声音。我心跳差点停止。不，不会是我的裤子吧！但偏偏就是它。原来混凝土围墙上露出一小截铁块，扯破了右脚下方的裤管。我顾不了尿尿的事了，立刻折回有光线的地方检查，看到一个十来厘米的口子。我感到天摇地动，真是太震撼了！我捧着一颗破碎的心，来到草地上，同时想到奇莫拉伊斯厉害的裁缝师北披。他一定可以事后补救，用他的巧手将口子补好，而且一点也看不出破绽来。我决定第二天早上就把裤子送到他那儿。

第二天是星期天。早上，我用报纸将长裤包好，正准备塞进背包、上路前往奇莫拉伊斯时，脑海中突然闪过爷爷的影子以及他对付横祸的伎俩。我盯着那包东西几分钟，将长裤从报纸里取出来，将它轻放在劈柴的木桩上，然后到储藏室拿一把斧头。在这短短的过程中，我仍然希望自己会改变主意，所以刻意放慢所有的动作。但没有用。只记得我后来两腿张得开开的，握着斧头朝木桩劈砍。我连续劈了好几下，将心爱的新裤子劈成好几段。好啦，现在事情已经解决了。

"遇到横祸要想开一点。"爷爷如此主张。

不过，我还是有点难过。礼拜一早上，又回到采石场上工。

与死神擦肩而过

在采石场，我们无时无刻不面临断手断脚甚至断送性命的危险。这里有太多复杂的器械、吨位庞大的重物、移来移去的大岩石，必须靠智慧和经验审慎处理。我们从始至终都得保持全神贯注，只要疏忽一秒钟，就有可能掉入陷阱而变得粉身碎骨、血肉模糊。

在开采期间丧生的，前后一共有三个人。但想想随时随地都要面临危险，意外的频率其实并不算高。有些意外之所以没有闹出人命来，纯粹是幸运，更可能是好心的守护天使伸出援手的关系。我个人曾遇到四次意外，感谢上帝的保守，每次都顺利脱险，几乎毫发未伤。

有一回，我们必须将一块椭圆形、四立方米的大理石沿着纵面劈成大小相等的两块。贝尼托先在岩面上钻孔，再轮到我将钢制的楔子打入孔内。我一直怀抱着有那么一天能撞见蓝眼睛的希望，因此，每当有劈岩石的机会，总是自告奋勇。从大理石爬下来以前，我拿着斧锤，想将楔子打得更深一点，待一会儿在架在上头的临时通道站定后，再和贝尼托一起用大锤劈砍。奇切知道我在敲打楔子，警告我说："敲轻一点，免得你还在上面的时候就裂开了。"

这话还来不及说完，岩石就霹雳一声，突然裂了开来。由于是圆形的，两半都往外翻滚，内部朝上，好像剖成两半的西瓜。我当时正在岩石上方的边缘，石块滚动时，眼看着就要跟着滚到下面被压扁。我心想这下子没命了，即刻攀住石头的边缘，在石头滚动之际，像表演特技般，连翻带滚地绕到上头，然后以细碎的步伐一会儿往前移、一会儿往后移，直到岩块不再摇晃为止。奇切一只手拍着他的脸，喃喃地说："好险！好险！"

有一天，轮到我看守钢索挖沟机。因为水灌得不够多，钢索发出嘶嘶的噪声。我找了一条铁丝，试图将水管里的水引到灌水口里。铁铸的大滑轮在我的鼻子下方不到几厘米的地方快速地旋转，令我眼花缭乱。我一只手拿着铁丝，另一只手则拿着一把凿刀。真多亏这把凿刀，我才保住了一只手。由于一时大意，拿着铁丝的手突然伸进滑轮的轨道，只听到咔啦一声，我的手夹在铁丝和滑轮的沟槽间被强行拖着走，眼看就要被切断。就在滑轮的轮缘要进行截肢手术那一刹那，我及时将另一只手中的凿刀插入滑轮转动的轨迹，阻止滑轮继续运转，最后，只在我的手腕上留下一道痕迹。这一次意外事件，奇切也在场。他惊叫道："你再不小心一点，就不能长命百岁了。"

还有一次，葛留坐在搭在岩壁上的木板上看守钢索挖沟机，突然连同整块木板从岩壁上往下掉了四米。错不在他。

原来是钢索频频振动，松动了固定木板的钉子。他掉在好几块岩石之间。虽然岩石的边缘和刀子一样锐利，但除了一点擦伤，他一点事也没有。只是咕哝了几句，从地上爬起来，继续回去工作，或许根本不晓得刚和死神擦肩而过吧。他能保住一条命，实在是奇迹。为了感谢他的得救，皮鲁奇特地下山到落叶松上壁龛内的圣母像前，点了一根蜡烛。

有一天，我们必须从山上卸下一块岩壁，那次由我负责操作起重机，但是那块岩壁一直抵抗，想留在原处不肯离去。我启动马达，开到第一挡。直径四厘米半的钢丝拉索绷得像小提琴弦那么紧。山频频振动，但岩壁连一毫米也不肯移动。我明白起重机已经到了极限，再也撑不下去了，准备将马达关上。但是工头命令我继续拉（那时已经不是阿甘特，换了一个野心勃勃、个性急躁的年轻小伙子），而且还说："你如果怕，换我来吧。"

我只好将变速器调到最高挡。马达开始吼叫，好像是在说我们疯了，起重机浑身上下震动不已，好像想将这股强大的拉力震掉。拉索拉到一半时，我从控制间走出来，看看空地上的情况。就在这个时候，采石场上演了惊心动魄的一幕：系在山上的钢索啪一声断裂，起重机的拉索突然被松开，开始像一条鞭子，在空地上方疯狂地横扫。七十公斤重的铁块像流弹在一两米高的地方飞过来又飞过去。石块、工具、手推车、铁锹通通被卷到空中。这地狱般的景象持续了几秒钟，龙卷风才告平息。大家互相对看。实在太不可思议了：所有的人当时都集中在附近，但竟然没有一个人被扫到。

到了晚上，好心的皮鲁奇为了感谢圣母行使这个奇迹，在宿舍里颂念圣母玫瑰经。几个小时前，他已经下山到落叶松上的壁龛内点了一根感恩的蜡烛，感谢大家能躲过这一劫。

最惊险的一次意外，发生在某一年夏天圣母升天纪念日[①]的前一天。这一次，所有的人都有份。我们全部十八个人很可能在一声恐怖的巨响之后，通通丧命。

钢索挖沟机已经花了两个多月的时间，采掘山上最外层的一块岩壁。那块岩壁相当巨大，长三十米、高二十米、厚十八米。钢索已经往内切到岩壁的尽头了，现在只要将支柱移到外面切割底部就行了。进行完最后这个步骤，就可以将巨大的岩壁挪到采石场的地面上，远看就好像一块玉米软糕。

又过了十五天，钢索深入山的腹部使劲地运转，越磨越细，有如监禁在岩壁内的囚犯，即将窒息，而且日益憔悴。采掘到最后的阶段，实在有必要换新的钢索，那么就可以像个精力充沛的年轻人，一天啃食个二十厘米。

发生意外那天是星期六。再过几天那一大块"玉米软糕"就要被拖下来了，所有的采石工人都聚集在广场上，准备切割"软糕"的巨型砧板。为了使岩壁更容易脱离山的主体，我们先前在切割时已让它大幅度地向前倾斜。现在，岩壁就像比萨塔一样，往外突出。如此一来，我们就可以轻易地让它下坠，不但可以节省很多气力，更重要的是节省许多罐黑色火药——这东西可是值不少钱呢。工头要求我们尽量减少炸药的用量，

---

① 8月15日。

能省则省。

地面必须整理得像网球场那么光滑平整、通畅无阻，免得这里凸一块、那里凸一块的，岩壁往下掉时造成断裂或擦伤。所有的采石工人和石匠用手推车载来上百车的碎石子，铺在广场上，然后以铲子和尖锄铲平，有如一个软垫子。地面上如果有大岩石，就用炸药炸碎。连核桃那么大的肿块、杂物都不许出现。大理石将在这里进行切割的加工。

那个星期六，场地在中午整理完毕。大伙儿下去餐厅吃午餐。我们准备用过午餐后就返乡过节，并好好地休息。下个星期一的计划，是将黑色火药填入岩壁的切口，然后将它炸下来。但这最后一个步骤根本用不上。我们才吃了几口，餐厅猛然震了一下，像是挨了巨人一巴掌。我们原以为是地震，但太过短促，又不像。大伙儿冲到室外，往山的那一头瞧，只见一片浓烟，采石场上空一阵尘埃滚滚。我们上山去看个究竟，但已经明白是怎么一回事了。三十米长、二十米高、十八米厚的大理石岩块不等炸药的催逼，自己先掉下来了。不到一刻钟前，我们所有的人都还在那里，在它的脚下，像蚂蚁一样四处散落，要不是早点离去，可能也会像蚂蚁那样被压得扁扁的。只因为那天是星期六，我们才决定早点去用餐的。

下山回家途中，好心的皮鲁奇在落叶松上的壁龛内点了第N根蜡烛，为又一次的平安无事献上感恩。小卡莱上吉普车前，对我说："嘿，说不定我们最后会在这块新的岩壁内找到蓝眼睛呢。"

静谧时刻

在采石场的日子，我们不只是劳力劳心、满怀恐惧地在危机四伏的环境中工作，忙着生产大理石而疲惫不堪。我们也能享受到片刻的安详。这段静谧的时刻能带给被打入地狱的亡魂身心灵的平安。

做苦工使脑筋僵硬，意志消沉，采石工这时的反应是将自己封闭起来，长时间不说话。但某些人在沉默的时候，仍然保有一颗善良而敏感的心，仍不失温柔。1924年生的奇切就是其中一个例子。

虽然他的命运坎坷，痛失几位挚爱的亲人，但他始终是平平静静的，有时甚至还开朗得很。我不只把他当朋友，更把他当恩师、父亲。晚上，我如果不必值夜班看守挖沟机，奇切会邀请我和他一起到帕拉扎草地寻找火绒草和野蓟。野蓟的花梗有一米多高，绽放出苹果般大的紫花或蓝花。摘野蓟花时得用小刀，因为它们死到临头时，会伸出可怕的荆棘顽强地抵抗。我们将它们捆成一大束，挂在工寮的外面，头朝下，做成干燥花。做好的干燥花可以维持好几年。我们摆在家里的桌上或入口的角落。奇切去亲人的墓地时,总会带几束去。

下雨天也能为我们带来平静的时刻,不过得下大雨才行,不然我们还是要照常做工。一下起倾盆大雨,我们就待在工寮内,幸福地躺在床上。海拔一千八百米的高山,天气一变坏,气温就大为下降,因此,即使是夏天,也得生起壁炉里的火。雨使景物变得朦胧不清,山峰和草地则被重重的乌云覆盖。那堆乌云面目狰狞,始终徘徊不去,令人有不祥之感。我躺在床上,用手枕着后颈,眺望窗外,看着远方的波加特峰和加瓦那石屋笼罩在浓雾之中。这时,我总会想起小时候瓦琼灾难还没发生时,我在那里当牧童的情景。老工人们在寝室内说一些故事、趣闻、奇遇。我边听边瞄着窗外。位于寝室中央的壁炉内,总有一壶沸腾的大麦茶。有些人喝的时候,会加点格拉巴烈酒。

有几个天气好的晚上,为了打破一成不变的生活,我会出门,跑过帕拉扎草地,往下爬到巴鲁克牧场,到贝丁石屋找牧人。一共有两位,其中一位年纪很大了。我会和他们聊天,喝几杯,抽浓味的粗烟丝,一直待到很晚。到了该走的时候,我用一支手电筒照亮回去的路,一路摸索着回到工寮就寝。这段路走下去花一个小时,爬上来花一个半小时。有一次,我因为喝多了,就留下来和牧人们一起过夜,第二天一大早再回去,马上又得面临十五个小时的苦工,真不好受。

有访客的时候,我们也能偷一下闲。工头阿甘特会暂停五分钟,向访客说明采掘大理石以及裁成立方体的秘诀。那些稀客会问一些问题,不花多少时间,就能明白采石工的日子有多苦，露出一脸惊愕相。

夏天某个大雨滂沱的日子，我们全躺在温暖的被窝内。十一点左右，大卡莱出去小解，突然听到从克加利亚（Cogaria）岩壁下面传来叫声。是求救声。当时整座山被层层的浓雾包裹住，连一米远的地方都看不清。

"我们得下去救他们。"好心的大卡莱说。

我和他披上防水布匆匆出门，不到几分钟，来到呼救的人身边。大概有十来个年轻人和青少年，有男的也有女的。全都淋得像落汤鸡，好像刚从海里被捞上来似的。我和大卡莱慢慢地陪他们走到工寮。他们聚在壁炉边，将衣服和身体烘干。原来是从波代诺内来的。那当中有一个非常漂亮的女孩，最为醒目。她的皮肤黝黑，留着一头短发，年纪大概和我差不多。我看着她，她也看着我。

这群人中午留下来和我们一起用午餐。他们一大早出发，本来想爬上布斯卡达山，但选错了日子，浓雾使他们迷了路。大卡莱和我在下午四点左右再度陪他们回到受困的岩石路段。从那里，他们可以轻易地走到泽摩拉谷。雾还没散去，雨也一直下个不停。

分手的时候，短发的女孩握着我的手，含情脉脉地看着我，道了声谢，发誓说下个星期六一定会上山来采石场找我。我至今还在等她。我后来才明白她再也不会回来，但在此之前，她许下的承诺已使我快活了好些日子。整整一个礼拜，我兴高采烈，充满朝气，心情好得不得了。有些时候，一个简单的承诺便足以创造一个美梦，使我们快乐一阵子——起码，在还没有察觉对方不会实现诺言以前。

过了好几年后，我在波代诺内的一条街上，看到一张女性的脸庞，令我依稀忆起采石场相遇的那个短发女孩。我差点走上前去问她有没有去过布斯卡达山，却没有勇气将她拦下来。我觉得自己既笨拙又可笑。都过了这么多年了，有什么好认的呢。我就这样看着她远去以至于消失。或许我是不想发现她和很久以前遇到的那个女孩根本一点关系也没有吧。但她一消失，我立刻后悔自己没有试一试。一直到今天，每当我去波代诺内，总是无可避免地会撞见某个女孩的脸庞令我想起那个皮肤黝黑的短发女孩。许是回忆在作祟吧。

在采石场能拥有的静谧时刻少之又少，但只要机会一来，我们会尽情享受。落日之后我们能享有一段美好沉静的时间。晚上，工寮里一片安详，所有的噪声都平息下来。连采石工人说话的声音也变小了。白天，在铿铿锵锵响个不停的采石场又喊又叫、闹闹嚷嚷的，大家的力气已经被榨光了，现在只想好好休息。接着，我们感到一阵温暖，黑夜悄然降临，一声不响地看顾着精疲力竭的我们缓缓进入梦乡。

厨师

布斯卡达山采石场的故事,并不只是由石匠、采石工,以及最下等的搬运工联手撰写而成的。美食艺术的灵魂人物——厨师,也在这里占有一席之地。据我所知,过去几年来在采石场掌厨、为被打入地狱的亡魂充饥的角色,共有五个,其中有四个女的,一个男的。也可能更多吧,但我只记得那些跟我比较熟的。

在高地上那间早已消失的厨房内掌厨的唯一男性,是1923年生的托尼·德尔·安焦拉(Toni dell'Angiola)。他做事认真、一丝不苟、不爱说话,而且很爱干净,简直到了洁癖的地步。将酒倒进同一个酒杯时,每次都一定要再洗一遍,为你倒二十次酒,就帮你的酒杯洗二十次。他在采石场工作时,我还没在那儿上工,可是和托尼早已是莫逆之交。他住在离我家不远的地方,很有品位。我就是跟着他学会喝十足佳酒的①,后来才自个儿喝起白兰地之类的烈酒。若干年前,他

---

① 一种有香甜味的金黄色意大利酒。

因为心脏病发作死在酒馆的吧台前,我目睹他暴毙的那一幕。

接在他后面上来布斯卡达山掌厨的,是一名才二十岁出头的年轻女子。采石工们告诉我说,她美得不得了,连那些上了年纪不适合追她的欧吉桑,也被她迷得神魂颠倒。

"人的眼睛,"老皮恩告诉我,"总是懂得欣赏美丽的东西。"

或许吧。过了好几年后,我终于有机会一睹她的风采。虽然当时她已不再年轻,但我必须承认,采石工们赞赏她的美丽的话语,真是一点儿也不夸张。她在采石场工作的时间很短,大概只维持了两季就离开嫁人去了,婚后搬到特雷维索地区的一个村子。我偶尔还会看到她,几乎总是在我们家乡的守护神圣巴托罗买的节日那天。

接替她的,是一位厄多的老太太。她很能干,动作敏捷,在采石场做的菜,常常加入一点自己的创意。她以新式的料理来满足我们的口腹之欲,经常还会像变魔法般变出一个苹果派来。可惜她待在这里的时间太短了,连一个夏季都不到。她的孙子住在马尼亚戈。有一天,她突然搬到那里,帮她的孩子们照顾孙子。别了,苹果派!别了,她的和蔼可亲!

我这辈子最难忘的采石场厨师,是我的另一个同乡安杰莉卡。安姐不只是为在地狱般的采石场做苦工的我们果腹而已,更是我们老老少少所有人的朋友、妈妈,甚至充当顾问。她在采石场掌厨时,大概有六十五岁,但外表比实际年龄年轻十来岁。她有一张娃娃脸,皮肤非常光滑,一点皱纹也没有,因此即使有一头白发,仍然不显得老。她的身材修长、双腿笔直，更使她拥有年轻迷人的外表。她的身手像羚羊般矫健。你真该瞧瞧星期一早上五点半她从那条无止无尽的蜿蜒小路爬上采石场的样子。安姐以快速的步伐，只花了一个小时十五分钟就抢先来到工寮。等大伙儿鱼贯抵达时，就会发现咖啡已经准备好，摆在桌上等我们了。

相形之下，我们这几个年轻小伙子实在很没用，一遇到星期一早上，总是步伐蹒跚。经过一整夜的狂欢，身体疲惫不堪，走那条上坡路，简直是酷刑，每过五分钟就得停下来休息。休息时我们可以看到安姐健步如飞地往上爬。等她像一阵风从我们身边呼啸而过，看到我们躺在地上，会笑着讥讽我们说："小伙子，你们怎么了？"被她追过去，真令我们脸红。幸亏这种丢脸的事，只有星期一早上才会发生。

安姐是厄多人，做菜不求精致，只讲究真材实料。她的拿手菜不出几个基本菜色，如玉米软糕、炖肉、意大利面食、蔬菜浓汤，但分量很多，特别受我们几个二十来岁的年轻人欢迎。

安姐很有幽默感，每天晚上就寝前，会在厨房的餐桌上摆一壶甘菊茶，万一有人失眠，就可以派上用场。但从来没有人喝过那壶茶，因为根本用不着。做了一天的苦工，我们一上床就呼呼大睡，哪里还需要额外的助力？

有一回，安姐请了十五天假。"家里有事。"她说。工头从奥斯塔谷（Val d'Aosta）请一名女厨来代替她。我们的菲雷尔老板在那里有很多采石场，厨师也不少。新来的厨师大约六十岁，个性开朗又充满活力，身材结实，爱喝几杯。我很快就和她打成一片,她也很疼我。早上我和她喝掺了白兰地的咖啡,再微醉地走去采石场上工。

某一天,大伙儿用过午餐重新上工时,我看到住在贝丁石屋那两位牧人正要去工寮。我们的酒窖藏有不少好酒,所以他们隔三岔五就会过来喝几杯。傍晚下工时,我注意两位牧人正走在小路上,跌跌撞撞地往泽摩拉谷的方向爬下去。显然他们在我们餐厅喝了不少酒。但为什么这么早就开溜呢?答案很快就揭晓了。

大伙儿进到餐厅,发现餐桌上一点吃的都没有,连一小片面包也没摆上。取而代之的,是从厨房传来的轻快歌声,那嗓音,可是一点儿也不含糊。我们上前去看个究竟,只见这位来自奥斯塔的女厨边高歌边用手持着木勺在火炉上的大锅子内搅来搅去。不用多想也知道,她和牧人一起喝光了酒窖的储酒,酒量毫不输给两个堂堂男子汉。那天晚上,她摇摇晃晃地在餐厅内走来走去,为每个人盛上一碗面包和清水搅和在一起再加点盐巴滚开的汤水。大家都忍不住笑了出来,除了工头阿甘特笑不出来,把这件事看得很严重。当他看到面前摆着一碗馊水样的玩意儿时,问女厨那里头是什么东西。

"我煮的汤啦。"她好像被触怒了,有点不高兴地说,"哎,你要是饿就吃,不饿就给我留着,你这个被宠坏的小鬼!"

说完,她继续敞开嗓门儿高歌、一摇一摆地在餐桌间走动。阿甘特气得脸色发青,怒吼道:"如果我像囚犯那么可怜,只有水和面包可以吃,那你把水端来就好,面包我自己看着办，你干吗把它放在水里？"

众人大笑。卡隆这时到一旁忙着煮起意大利面来。

没过几天，安姐回来了，像流星般稍纵即逝的奥斯塔厨师也返回她自己的地盘。我后来再也没有她的消息，只在心中留下美好的回忆。我一直记得这位纯真善良的女士。她是那么坦率，里外完全合一，不隐藏任何东西，也不虚伪作假。她有什么优点、缺点、美德、恶习，通通写在脸上，旁人看了一目了然。

不过安姐是另一种类型的人。她在采石场关闭好几年后过世，我当时心痛如绞，就好像丧失了挚爱的亲人一般。

暂时出走

1974年，我经历了一场生存危机。那场危机从年初一直延续到春末。我不再喜欢当时的生活方式，对山岳、登山、酗酒，以及因为酗酒女友们一个个离去感到厌倦。虽然5月就要重返布斯卡达山的采石场上工，但这并不能使我打起精神来。我决定离开这里，却不知道该往哪里去。

有一天，我和友人詹尼·卡洛小酌几杯之后，他为我出了一个好主意。詹尼在德国美丽的城市比勒菲尔德（Bielefeld）开了一家冰激凌店。当我向他坦承想换个环境，他告诉我说可以去他的冰激凌店工作。

"工作不累人，"他强调，"不过我得事先警告你，工作时间很长。"

"这好说，"我回答，"在采石场我们一天做十五个小时，而且很累。"

我通知朋友们即将出走的事。大卡莱问我："你找到蓝眼睛了啊？"

"才没有呢。一直找不到，受够啦！"

过了一个星期，那年的2月初，詹尼用车子载我去比勒菲尔德。我弟弟菲利切丧生的另一个德国城市帕德博恩（Paderborn）离这里才几公里。当初会接受这个工作，也是考虑到可以借这个机会去凭吊弟弟人生旅途的最后一站。

第一件事，是整理仪容：剪掉长发、刮掉胡须、把自己打点得干干净净的。詹尼帮我买了一套西装、一件衬衫、一条领带，还有一双光亮的皮鞋。才花了半天的时间，我的外表就从邋遢的流浪汉变成光鲜的服务生。我照镜子时，认不出自己来。

但语言是个问题。德语我听不太懂，要我说，更是困难。不过，过了三个多礼拜，我就可以胜任卖冰激凌的工作了。我凭直觉去猜顾客的需求，请他们付钱，找钱时尽量不要出错。的确，这个工作并不累，但是工时比采石场还长。早上七点上工，一直做到半夜十二点。除了午餐和晚餐时间可以休息，其他时间得不断地走来走去，忙个不停。不过，这个工作很有趣。而且遇到下雨天，就可以去泡啤酒屋。但在这种情况下，想回去就很难了。有一次，我在外面徘徊了一整个晚上，才找到冰激凌店以及住宿的公寓。

在比勒菲尔德的生活很愉快，甚至可以说是充满惊喜。这个城市具有充沛的生命力。我在这里遇到各种种族以及各种类型的人，也认识了一些女孩子。她们心胸开放而没有偏见，使我克服了羞怯的个性。我也学到了很多东西。在冰激凌店工作的，还有年轻的保罗和马里内拉（Marinella），我们相处得很好。

时间一天天过去，有趣的事物一一浮现，我也越来越适应新生活的节奏。唯一美中不足的，是冰激凌店附近一家酒吧，供应上等的烈酒和葡萄酒。我在这里邂逅了马爹利白兰地（Cognac Martell）[①]，几乎是一饮钟情。詹尼很够朋友，建议我与其沉迷于酒精，还不如多吃冰激凌。

"多为你的健康着想吧。"他说。

"你们这些冰激凌店如果得靠我光顾，"我顶他一句，"那就等着关门吧。"遇到下雨天，我就跟詹尼借钱去泡啤酒屋和舞厅。三四月下了不少雨，几乎是天天下。一天早上，我突然发现春天已经来了。即使是比乌迪内大四倍的城市，春天的气息也四处飘浮。在比勒菲尔德这段日子，我原以为已经把厄多、采石场，以及我的种种问题给忘了，其实不然。家园的呼唤越来越强烈。我仿佛听到黑森林的布谷鸟的歌声。到了4月底，我被一股浓浓的乡愁攫住，好怀念我的森林。一天晚上，我心情沉落到了谷底，于是要求詹尼把该付我的工资付清，好让我回家去。我们结算一下账，结果竟然是我欠他钱。这是什么鬼账！

但他人好，开了一张一万里拉的支票给我，要我返回意大利以后再还他。4月30日，我向詹尼以及其他人辞行，内心有点激动，然后到汉诺威（Hannover）搭乘开往北意山区的火车。我身上一毛钱也没有，只有一张支票，但我并没有将这件事放在心上。我在5月1日劳动节早上七点抵达福尔泰扎

[①] 法国知名的干邑白兰地品牌。

（Fortezza），但那一天银行没开。糟糕！没办法兑现支票，身上又没有现金。我只好提着大行李，用步行的方式去布鲁尼克（Brunico）。两地距离七十公里。有好几次，我想拦下路过的车子，搭人家的便车，他们却想用（或假装用）车子将我碾过去。来到马瑞巴的圣维吉利奥（San Vigilio di Marebba），我走进一家派出所。我问警员能不能帮我一个忙。但他们怀疑我的支票来源有问题，想将它没收。

"哦，不必了，"我告诉他们，"只要我还有一口气在，这张支票是跟定我了。"我向他们说了声再见就离去。

我一直走到晚上十一点，才抵达布鲁尼克。将中途休息的时间包括在内，一共花了十六个小时，走得两脚又酸又痛，起泡瘀血。我将行李扔在半途的斜坡上，里头有衣服和一包香烟。证件则收在我的口袋里。到了布鲁尼克，我走去一家酒馆问他们马蒂内利（Martinelli）家的三姐妹住在哪里。她们是我的同乡，中年人，在这里开了一家服装店。一名顾客刚好认识她们，告诉我怎么去。一到她们家，她们张开双臂热诚地欢迎我。

她们准备了一盆放了盐的热水，让我泡脚。接着喂了我三大碗浓汤，再把我送到床上，帮我盖了一条羽毛被。多么香甜的一觉啊！我半夜醒来好几次，有一种好幸福的感觉。埃利德（Elide）、伊内斯（Ines）、拉凯莱（Rachele）的恩情，我终生感激不尽。第二天早上，大姐拉凯莱帮我出旅费，让我搭乘开往科尔蒂纳的客运。

我在第二天5月2日抵达多罗迈特山的小镇。银行开了，奥德赛流浪记即将画上句点。但是走进两家银行，都因为怕收到的是空头支票，不肯帮我兑现。我只要打一通电话就可以得救了，却苦于身上没有半毛钱。我决定再做最后的尝试，走进另一家银行，一进去，就听到有人叫我的名字，原来里头有一名职员认识我。几年前，我们和科尔蒂纳的雪橇队比赛过，他是那一队的队长。"这下子没事了。"我心想。的确，友人没有多想，就收下那张被诅咒的支票，换了一些现金给我。

那一天，我喝得酩酊大醉，是有生以来最厉害的一次。一杯接着一杯，有计划而平静地灌下去。

我先走进一家餐厅，要求自己一个人坐一桌。

"让那些讨厌鬼离我远一点。"我这么告诉服务生，然后像个饿鬼大吃大喝起来。

接着，我走访科尔蒂纳的每一家酒馆、酒品专卖店，以及兼卖酒的客栈。在一家酒吧，我自觉是个富翁，讲话太大声，被人家很不客气地赶出来。我身上麦克麦克（方言，一般形容钱或钞票很多），闻到家的气息，乐得请每个人喝一杯……直到用完最后一毛钱。不知道弄到多晚，最后我被人家推进一辆车子，然后被载到亲爱的老厄多的广场。我在老爸的房子过夜，听他发了一顿牢骚。

第二天中午，我畏畏缩缩地来到采石场。工头阿甘特握着我的手，笑着说："欢迎你回来，你的位置永远是你的。"我再次听到那些心爱的噪声：钻孔机的怒吼声、绞车的战栗声、压缩机的喘息声、滑轮的高歌声、挖沟机的呼吸声。我看着老朋友们的脸庞。奇切猛盯着我瞧。真棒！我又来到这里，来到属于自己的地方。短短几天,我第二次有一种好幸福的感觉。

5月5日,我重新回到布斯卡达山的大理石采石场上工。大卡莱悄悄地对我说:"现在我已经确定你没有找到蓝眼睛,要不然干吗回来?"

坠落谷底的欲望

在采石场那段地狱般的岁月当中,有个梦时时萦绕心头,令我倍受煎熬。说是梦或许不太恰当,应该说是一种欲念,从我一到采石场工作、看到滑橇载着两万公斤重的大理石块沿着滑道往谷底冲刺那一刻起,就产生的欲念。

滑道经由陡然峭立的峭壁,蛇行绵延了一公里半,由数千段橡木轨枕组成,每段轨枕相隔半米,中央有一条纵轨枕,使滑橇保持在轨道内行驶。滑橇是由两块长八米、厚五十厘米的橡木制成的滑板组成,相距一米,两边钉有粗钢杆,使其保持完全平行,就成了一个基本的交通工具,稳固、实用,而因为得承载一万至三万公斤不等的重物,更需要无比坚固耐用才行。滑橇用绞车的钢索钩住,借着绞车的动力往山谷下滑,钢索约有一个男人的手腕那么粗。绞车的马达来自一艘来路不明的渔船,动力奇大无比。冷却活塞的仪器板上印着"维罗纳号渔船引擎"(Marine Engine Verona)几个字。我们建了一个木造锌顶的棚子来放置绞车。

看着滑橇载着两万五千公斤的岩块沿着滑道往下冲刺是

个令人赞叹的奇观，尤其是最前头那段轨道，几乎成垂直状，惊险万分。旁观者总觉得绷得像小提琴弦那么紧的钢索会突然断掉，大理石块于是像陨石般坠落谷底。装载大理石时，我会顺便用肥皂擦一下轨枕，好稍微减轻一下巨大的摩擦，同时想象大理石摆脱钢索的羁绊像飞弹冲向深渊的精彩景象。不知道它的速度能快到怎样的地步，我实在很好奇。而要是真的出轨了，像个疯狂的怪兽向森林突袭，会造成怎样的剧烈震荡？又会在森林中留下多大的坑洞呢？

那厚墩墩的重物明明想往下掉却受困于绞车的钢索，就好像被监禁的野牛，强大的力量受到限制而无法施展。虽然我那时候还没有读过卡洛·米克勒史达特（Carlo Michelstaedter）的著作《信念与修辞》（*La persuasione e la retorica*），但已经有着和书中一样的观念：按照自然律重物渴望往下掉到尽头。于是，我内心有一股强大的冲动，想帮滑橇和大理石释放捆绑，看看它们因为获得自由而狂笑着往悬崖坠落的奇景。起码看一次也好。

"挂在挂钩上的重物，苦于不能往下掉。它无法挣脱挂钩的束缚，因为重物越重，挂得越稳，而挂得越稳，对挂钩就越依赖。让我们来帮重物实现心愿吧：帮它挣脱对挂钩的依赖，放它自由，让它满足掉到最低处的欲望，让它随自己高兴独立自主地往下掉到自己所认定的终点吧。"

夏天的某一天，帮滑橇解开钢索的欲念（或说是自然的冲动），强烈到令我再也无法忍受的地步。或许是7月的酷热，或许是太累了，也或许是想给一成不变的采石场生活来个大震荡吧。不知道真正的原因是什么，总之，我决定让滑橇不受钢索的束缚自由地往下掉！我等候合适的日子，就是工头阿甘特派我载运大理石那一天。不过，为了实现我的计划，我得找个代罪羔羊，而且必须是个不太机敏的人，才可以轻易地怪罪到他头上。于是我找上老葛留。

　　按照我的计划，让岩块挣脱捆绑的最佳地点，是距滑道起点三百米的圆环交换道。滑橇滑到这里后，我们解开第一架绞车的拉索，同时将滑橇调头，换上第二架绞车的拉索，再让它继续往下滑。我在可靠但不知情的葛留的协助下，完成了第一个下滑路段，滑橇来到圆环交换道。下一个步骤，就是由我将滑橇的头尾对调，从绞车的滚动条抽出拉索，交给葛留，葛留再拿着拉索的挂钩，站在岩块的附近，准备钩上。滑橇调头后，就要立刻将它往下推。因为两米外的路段立刻变得十分陡峭，面临深渊，为了安全起见，滑橇这时应该已经挂上拉索。不过，滑橇在这个阶段前进的速度还很慢，我们可以不慌不忙地等到最后关头、当坡度稍微变陡时，才挂上拉索。但这个动作要快，要迅速地将拉索的头套在滑板的钢杆上。只要慢上半拍，岩块就会在毫无束缚的情况下往下冲。这关键的半拍，正在我的计划当中。

　　我从绞车的滚动条抽出拉索时，故意少抽一米，但葛留并不知情。当滑橇开始加速时，我要老朋友将挂钩靠近滑橇好钩上去，葛留照着我的指示，拿着拉索的头朝移动中的滑橇拉扯，却惊愕地发现拉索不够长，够不着滑橇的钢杆。滑橇就这样一寸寸地远去。可怜的葛留一时不知如何是好，本能地放开拉索，骂了一句三字经，想用双手去阻止移动中的三万公斤岩块，但立刻知道这根本无济于事。于是他又想到另一个点子。找了一块拳头般大小的石头，往左边的滑板猛力一丢，但石头一碰到滑橇就像奶油蛋糕全碎了，只能眼睁睁地看着滑橇继续往下滑。成啦！只差几厘米，就会开始冲刺了。我不想错过这场精彩好戏的任何一个片段，迫不及待地攀登到瞭望台观赏。葛留却按捺不住内心的激动和罪恶感，边大叫"天啊！天啊！"边跑到采石场散播这个消息。

当滑橇过了陡峭路段的尽头朝着深渊的方向加速时，我有点害怕，因为知道这一下子想回头也没办法了。而在那下面，什么事都可能发生。万一滑道上有人呢？或是山谷下面有人呢？"让我瞧瞧吧。"我心想。接下来看到的一幕令我终生难忘。岩块有如被大炮击中火速往下冲。瞭望台的震颤传到我的脚底。滑橇在前两百米扑通下落的速度之快，我的眼睛根本来不及追上它的行踪。重物与轨枕间的巨大摩擦产生高热，所经之处都冒出一股蓝色的浓烟。整段滑道从头到尾一直不停地战抖。我耳中传来木头断裂的噼里啪啦巨响。滑橇冲了约八百米后，再也无法稳稳地贴着滑道，终于出轨了。纵轨枕裂成好几段，弹向高空，远看活像一堆牙签。我看着出轨的岩块继续倒栽葱地猛然下坠，最后在地面留下好几个大窟窿。滑橇卸下重担之后，立刻朝另一个方向前进，好像要急着跟这个将它拖下水的怪兽撇清关系似的。大理石块最后栽在泽摩拉谷维勒瀑布的岸边。要不是多年以后，一位采石工自个儿将岩块移走，切割成一小块一小块供自家人使用，将会永远留在那里见证这一事件。

工头神情平静但相当凝重。不出我所料,他对葛留的火特别大,因为他年纪最大,应该最小心才是。阿甘特的结论是:"第一次就算了,第二次可不行。"换句话说,下一次再发生这种事,就要开除。大伙儿花了整整一个星期的时间来重建支离破碎的滑道。同时从弗特马米运来一辆崭新的滑橇。

至于出轨而断裂扭曲的那辆滑橇,则被劈成一段段的木柴,用来生火。事发后,它坠落在森林中两棵山毛榉之间。被劈成木柴以前,我特别看了它几眼。它看起来很平静、很自在。或许是因为那"掉到最低处的欲望"终于得到满足了吧。

惊讶

1977年6月中旬的某一天，小卡莱从贝尼托的床下拿出一支双管枪，上了两发中型的实心弹，然后猛盯着我瞧，小声地叫我跟他走："我要让你看一样东西。"他说话的语气很神秘，好说服我起身。我当时累得要命，正幸福地躺着等晚餐开动，要我改变这个舒服的姿势，谈何容易啊。

那时大概是晚上六点，我们刚在采石场做完一天的苦工，不少人正在享受这段难得的休息时间，个个东倒西歪，不想躺下来的人，则忙着整理自己的东西。天还亮得很，看来还要过好几个小时才会天黑。我从来没有看过小卡莱手持过枪支，现在竟然武装站在我面前，要我跟随着他去一个地方，这一惊非同小可，也很好奇。他没打过猎，虽然服过兵役，但一点也不喜欢武器，从来没对准过一个固定的目标射击。

"你想带我去哪里？"我笑着问他。

"下山去弗瑞多（Fredo）的石冢前猎希腊山鹑。"他回答。

"可是你连站着不动的大象都射不到，现在竟然想猎飞得像箭一样快的山鹑？！"

"不尝试就学不会，所以我才请你陪我去，要你教我怎么射击飞鸟。"

"想学射击飞鸟，两发子弹怎么够？"我嗤笑着说，"至少也要带十发吧。"

"够，够，够。"友人急切地回答，"两发已经绰绰有余了。就算山鹑再怎么狡猾还是够。"

这个理由实在不成理由，只是令我更好奇，于是我决定跟他去。我们走出工寮，朝着滑道的方向前进，来到一个石冢前面。冢上插着一具铁十字架，以纪念在这里丧生的弗瑞多。某一天，这个可怜的采石工扛着一袋五十公斤的面粉去餐厅时，不巧碰到雪崩而遇难。小卡莱将枪支扛在肩上，走在前面，我跟在后面，两人相距十来米。我注意到和我同龄的友人走在陡峭的岩壁上时，犹豫不决而且笨手笨脚的。

"不只是不会打猎而已，"我心想，"连爬起山来也很笨。"

不过，他还是有他的一手：对马达的知识不输给设计法拉利（Ferrari）名牌赛车的机械工程师，开起车来则好像驾着"一级方程式"（Formula 1，简写 F1）[①] 的赛车好手。到了石冢后，我以为他真的要猎山鹑，就告诉扛着猎枪的小卡莱，前面不远的地方鸟儿随时都会起飞。友人根本不理会我的话，继续将枪扛在肩上，镇镇定定地往前走。我只好随他去，不再开口。走了十五分钟后，我们来到皮鲁奇钉了一个神龛放置圣

---

① 国际汽车联盟举办的最高等级赛车比赛。

母像的那棵落叶松前面。友人到了树下,停下脚步坐了下来,将枪支卸下来,放在膝盖旁。在他头上约一米半的神龛内,圣母正以温柔慈祥的眼神看着我们。

"我们要是待在这儿,就猎不到山鹑了,"我向他嘀咕,"我们应该去石冢那边。"

"你也坐下来,"小卡莱说,"我要让你看一样东西,你最好也坐下来,看了以后包你两脚会一直发抖。"

我仍然不懂,实在不懂有什么东西值得那么神秘兮兮的。不过我照他的话做,坐在一根圆木上,等着友人的行动。他抽出一包烟,送我一根,我们开始抽起烟来,然后他开始慢慢地说话。

"你知道我们找那被诅咒的蓝眼睛找得有多辛苦,却总是找不到,对不对?"

"而且永远也找不到,"我没好气地回答,"因为根本不存在嘛。我相信这一切根本就是个谎言,好骗我们更努力地敲石块。"

"你错了,这东西是存在的,"友人反驳我的话,而为了能更清楚地看到我,朝我这边弯下腰来,"我可以向你保证这东西的确存在。"

这话引起我的高度兴趣。他为什么这么肯定呢?小卡莱接着说:"一切顺利的话,我过几天就辞去这个吃力的工作,搬去德国。我想在那儿开一家冰激凌店。"

"我一点儿也不会羡慕你,"我语带讥讽地回答,"我已经在你之前去过德国卖冰激凌,可以向你保证说,你会迫不及待地想回到山上敲石头。待在自己家乡是多么棒啊！而且就算你真的喜欢去德国，你哪来的钱开冰激凌店？"

"钱我已经有了。因为——我找到了蓝眼睛。"说这话的时候，他的脸好像被自己透露这件事吓到似的。

"喂喂喂，你很会编故事呢，别说傻话了，你在瞎扯什么呀？而且要是真的找到了，在哪儿啊？喏，拿出来让我瞧瞧，我真想看看那个混账眼睛，什么鬼东西嘛。"我确信友人在开玩笑，说这话的时候，很是愤愤不平。

小卡莱站起来，将双管枪搁在树干上，用落叶松下的一颗石头垫着脚，将手伸到供奉着木雕圣母像的神龛，打开神龛的门，轻轻地将圣母像拿出来，又坐了下来。他将雕像翻转过来，用小刀将底部基座上的一个软木拔起来后，出现了一个小洞。友人将左手掌搁在洞上面，将圣母像翻转回正常的位置，再将左手掌合起来。右手紧握着枪，搁在膝盖上，一副随时准备要开枪的样子。接着，他将左手伸到我身边，慢慢地将手心打开。手掌的中央射出一道蓝色的光芒，刺伤了我的眼睛。我吓呆了。光芒的来源是一个核桃般大小钴蓝色的小圆球，反射了落日强劲的余晖，使我眼花缭乱。在我眼前的，竟然是风闻已久却未曾现身的……鲨鱼的蓝眼睛。这东西竟然存在，竟然是真的！它放射出一道强烈而直接的色彩，好像一道浓烈的香水，令我头晕目眩。我久久说不出话来，好不容易，才结结巴巴地说："啊，你真的找到了！原来真的存在！让我看个清楚，让我摸一下。"

可是小卡莱已经重新将手心合起来，站起来，右手还是紧握着双管枪。我现在明白他为什么要带枪,又为什么只上两发子弹。根本和山鹑无关!他是怕我会抢他的宝贝,所以武装起来。对象如果是我的话,两发子弹的确就够了。

"我要让你瞧一眼,"他说,"要不然你一定不会相信我的话。对其他人,我就什么也不说了。反正你一定会告诉他们的,不过一定没有人会相信你的话。这件事将永远是个谜。"

"你是什么时候找到的?"我还是结结巴巴地。

"它已经待在圣母像内四天了,刚好让我有充裕的时间和买主接头。一个维罗纳(Verona)的珠宝商要付我一笔很大很大的数目。你还记得我前天下山去村子的事吗?我就是下去和他通电话,把事情谈好。"

说完这话,友人开始往森林走去,左手掌始终紧握着,双管枪则随时在旁备用。到了这个地步,我已经对他到底卖了多少钱不感兴趣了,所以没有问他。稀罕得不得了的蓝眼睛居然被他找到了,而根据概率来计算,下一颗恐怕要再过100年后才会出现,甚至更久。

"你为什么不把圣母像放回原位呢?"他离去时我对他吼叫。

"这样才不必背对着你啊。"他笑着回答。

"把枪留下来给我吧,"我说,"让我射几只山鹑下来,这样心里就会好过一些。"

"你当我是傻瓜吗,把枪给你,不等于把蓝眼睛送给你?"

他说得有理。或许我还真的会抢他也说不定呢。那玩意儿实在是勾人魂魄,诱惑真的太大了。当我将圣母像放回神龛内时，对它低语说："你为什么不告诉我宝藏就藏在你里面呢？"圣母好像在微笑。

我慢慢地从小径爬回工寮。第二个星期一小卡莱没来上工，已经动身前往德国开辟他的另一片天地了。

采石场的终局

小卡莱离去以后,地狱般的采石场恢复平日一成不变的步调,我们继续挥汗做苦工,不再被其他事情打断。这样过了好一段时日,突然,休息时间流传着又有人要离开的风声。

老工头阿甘特已经上了年纪,将近七十岁。他这一生几乎全部奉献给了大理石采石场,现在觉得累了。这几个月来,他老是在用餐时抛下这样的消息,听起来像在开玩笑:"小伙子们,再不久我就要回海边的老家了。"

我们总觉得这种事不可能发生。阿甘特在这里待了20年,已经成为厄多人,没有人会料到有一天他会离去。不久,采石场出现了一位来自维亚雷焦(Viareggio)的新手,年约三十五岁,当起工头的助理。这时,我们终于明白采石场的监督职责即将易手。阿甘特对新手倾囊相授,好鞠躬下台。

8月的假期来了,采石场关闭五天。工头利用这个机会回老家一趟。这种事从来没发生过。以前即使是放假,他也会留在厄多。重新开工后,他没有出现,一直到9月初才回来。在此同时,刚来不久的年轻人取代了他的位置。

这场缺席意味着工头正在准备退休的事宜,这实在是我们不乐见的事。接下来的开采季,我们敬爱的老工头再也没有出现,由新的小工头接手。到了秋天,阿甘特回来向我们道别。我们以特大号瓶装的酒向他辞行。但他酒量小,几乎没有喝。这是我最后一次看到他。

新的工头人并不坏,正好相反,他既能干又善良,但可能因为突然扛下重责大任,变得紧张兮兮的。再琐碎的事、再小的失误,也要不停唠叨,只要我们一犯错,就破口大骂。就这样开始了彼此间的误会,摩擦也与日俱增。或早或晚,所有的工人都跟新工头吵过架。大部分都是为了一些无聊至极的小事,但不满的情绪已经蔓延开来。我们厄多人就和一块大理石一样团结,彼此使眼色。我们只要做个信号,他就完了。幸好事情还没有发展到这样的地步。

我个人曾经和他发生过一次冲突,我气得差点就饱以老拳。我当时正在操作起重机,准备从山上卸下一块岩壁,因为我不想加速马达的旋转,他骂我胆小。我是顾虑到岩壁一直在反抗,知道我如果坚持下去,起重机的某个部分可能会断裂,而危及周遭的同僚们。听到他骂我懦夫,我只好将变速器调到最高挡,果然系在山上的钢索断了,起重机的拉索连带地松了开来,开始像条疯狂的蛇将地面上的器具抛到空中,而那些器具就像龙卷风从采石场扫过。我的同僚们全都在附近,幸亏没有人被击中,可说是奇迹。发生这么严重的事,小工头却假装毫不在乎的样子,只说:"没事,没事,大家继续工作。"我抓起一根铁锹,气冲冲地冲到他面前。

幸好同僚们出来劝架，否则不知道会怎么收尾。很可能是我会被他打倒，因为他块头很大，不是好欺负的，而且一点也不胆小。

其他工人也和新工头差点发生肢体冲突。经过几次类似的事件后，大家都明白我们的关系已经恶化到无可挽回的地步。比较年长的工人们意识到和乐融融的气氛已经成为过去式。他们当中许多人早已过了退休的年龄，而之所以还留在上面敲敲打打的，只因为辛苦了30年后，采石场早已成为他们的家，与他们的人生不可分割，对它充满感情。而一旦了解那美好的一切已经结束，对这里再也不眷恋。

第一个先走的，是好心的皮鲁奇。他找借口说要回家整修厨房。他一走，卡隆、老皮恩、亚科、葛留、皮诺等人也相继跟进。随便编个理由，几乎所有的人都走光了。有人在隆加罗内的工厂找到工作，好比友人北披诺。至于我呢，刚好有个奇妙的经历，改变了我的未来，也借这个机会离去。

每当冬天采石场关闭的时候，我就雕木刻来消磨时间。刻的都是一些简单的小东西，题材不外乎羚羊、獐鹿、老鹰、松鼠、小鸟，以及一些小圣母像。那段时间，我自己一个人住在老厄多的巴尔比路（via Balbi）。春天的某一天，我正在等采石场重新开工，一位中年男子从我家的窗前经过。他个子很高，灰发，萨奇莱（Sacile）人，名叫雷纳托·加约蒂（Renato Gaiotti）。我这辈子对他永远感激不尽。这名男子透过窗玻璃看到我的雕像。敲了我的门，进来后，没打招呼，就问我能不能把雕像卖给他。"要几件？"我问他。"全部。"他回答。

全部的话，大概有三十件吧。我立刻对他产生好感。这是我这辈子第一次遇到有人要买我的雕刻作品。雷纳托在桌上留下一笔钱，数目之大，令我十分惊愕。然后拿着全部的雕刻品走出我家。有了这个愉快的经验，我开始想到靠木雕来维生的可能。我从幼年就怀着这样的梦想。

过了几天，雷纳托又来敲我的门。和上一次一样，一进来就开门见山地说："你得帮我刻个十字架之路的雕像，我要捐给萨奇莱圣乔瓦尼教堂（la Chiesa di San Giovanni）。""我不会刻十字架之路，"我回答，"我没有什么经验。我可以刻一只像老鼠那么大的羚羊，或是雕十四个耶稣受难的连环浮雕。""你一定做得到，"雷纳托鼓励我，"起码试试看嘛。我过三个月再来。"说完这话，就转身离去。

我被他说服了。我再也没回采石场，全心投入雕刻。三个月后，雷纳托果真回来了。我的十字架之路也刻好了：由十四幅石松镶板浮雕组成，长宽各六十厘米，每幅至少塞进四个人物或动物。直到今天，我还是想不通当时在没有任何雕刻训练的情况下，是怎么做到的。显然上帝助了我一臂之力。仁慈的雷纳托付给我二百万里拉，这在当时是笔天文数字。

但真正改变我的人生的，并不是雷纳托那笔钱，而是他的全然信任、鞭策和鼓励，我才愿意相信自己可以走这条路。这次的机遇为我开启了一扇希望之门。我知道我必须勇敢尝试，坚持下去。是的，我必须抱着一颗谦卑的心，但也务必坚持下去。感谢雷纳托，我才能够实现童年的梦想，成为雕刻家。

我用刻十字架之路赚来的钱将住处整修得好住一点。我买了一张床（原来是睡在地上的睡袋内），一张沙发，一个柜子，一套餐具，一台暖炉，甚至还买了一台黑白电视机。我有钱了！接着，我前往加迪纳谷地的奥蒂塞伊（Ortisei）购买全套的雕刻工具，包括各式各样的半圆凿。虽然买了这么多东西，但还剩下一大笔钱可以存进邮政储蓄。我真是太满足了。而且雷纳托在离去前，还担保了我的前途。"别担心，"他告诉我说，"你只要专心做雕刻就好了，买主我来帮你找。"他说到做到。我通过他卖出了上百件作品！亲爱的雷纳托，我亏欠你太多，这辈子永远铭记在心。

在此同时，采石场上大理石的生产起了一些变化。为了便利岩料的运输，开辟了一条马路，破坏了泽摩拉谷地的森林和帕拉扎山上的草地。因为马路大大降低了运输成本，不像滑道那么昂贵，采掘出来的岩块，不管大小和形状，一律直接搬上卡车运送下山。以前运送成本高，只能运送完整无缺的大理石，所以石匠得先将大理石切割成立方体。挖土机也过来助阵。有了马路和挖土机，采石场并没有继续存留多久。它已经走到了终点。但不是因为缺乏原料，事实上，原料还可以开采好几个世纪。一座两千四百米高的山，30年也啃蚀不完。人类站在那上面，小得像蚂蚁，而且人的下颚很脆弱，没有什么能耐啃蚀那座山。不幸的是，人类的智慧被自大与仇恨掌控，于是我们天天都要开战，发明一些先进的方法来残害大自然。

到了20世纪90年代，时代起了变化。环保的观念在年轻人当中流行起来，破坏大自然这种愚笨的行径，不再像以前那样人人有份。更有一些有能力的人，汲汲于保护尚未遭到破坏的自然。采石场最后致命的一击，来自绿色环保团体。他们抗议山上伤痕累累，明显可见，对环境的冲击太大。就这样，经过四十几年的采掘、苦役、意外、冒险、友谊、团结，地狱般的采石场永永远远地关闭了。

最后一段时间，只雇用了一对父子，负责将剩余的岩块拖走。有一天，我刚好从那里经过，看到他们想用挖土机搬一块大理石。我感到一阵悲伤。我想起过去那段美好的岁月，我们共有十八个人在那上面，不用挖土机，辛辛苦苦地靠双手做工。当时大家是么友好，气氛是那么和谐。我向这两个人道别，然后匆匆离去。第二年，这父子俩也不做了。

如今，又已过了好几年。我现在经常去荒废的采石场走走。除了岩石，只有无语的山以及一片寂静。夏天，那无声的魅力偶尔会被土拨鼠的吱吱声打破。它们取代了被打入地狱的采石工，在布斯卡达山上挖掘。我坐在岩石间环顾四周。我仿佛又看到了过去一起挥汗的同伴：看到逐渐老去的阿甘特，看到每天下午提着一壶热腾腾的咖啡出现在采石场的厨师安姐。

直到不久前，我每次去年轻时去过的地方，还会感到一阵心酸。现在好多了。反倒觉得所无谓，这是一种因醒悟而来的无动于衷。或许，是因为现在的我更有智慧吧，领悟到看着年轻时的照片而感伤实在是无济于事。也或许，是因为我对光阴流逝的速度之快,有了更深的体认。于是,我尽量强忍着不要啜泣,并试着做好准备,以平常心安详地等候衰老以及死亡来叩门。

结语　山与人生之悟

我从来到人间、睁开双眼那一刻起，就与山结下不解之缘。十一岁时，以一个小时几块里拉的微薄工资，受雇到莫埃纳（Moena）山上的草地收割牧草，因而邂逅了这座名山。我看着如开放的花朵从草地上方浮现的山峦，真是着迷啊。我们得割一整天，一整天都置身在刀刃状的岩壁之间。岩壁在阳光的照耀下熠熠发光，如巨大的磨刀石。

多罗迈特山脉的一部分，是巨人赫朗格尼尔（Hrungnir）和雷神托尔（Thor）战役的结果。刀神拿着一块磨刀石当武器，朝着敌人投掷。磨刀石插立的地方，化为一座新的山。

山之所以美丽，在于四周空荡荡的。那种空会令我们害怕，或许是因为反映了我们的内心世界吧。山是那么完美雄健，却又是那么遥不可及。我爬过不计其数的山，足迹甚至远及海外，但我最最爱恋的，仍然是我自己的山，那几座我生于斯、长于斯的山。

游历各地后，我发现全世界的每座山都有一处山脚和一处山峰，我也发现全人类的痛苦大同小异。我现在的座右铭是：

"认识你家的菜园，你就认识全印度。"没有菜园的人家，换成一朵花，结果还是一样的。

现在的我，几乎不去名山了，因为太受欢迎，所以它们变得很混乱。那些名山的山脚现在兴建了全欧洲最大的停车场；而它们的山顶，则覆盖着著名设计师设计的彩色雪花。不过，我还是得强调：山送给我许许多多的礼物，是一般男女以及我的父母无法给我的。我觉得山能了解我、懂得倾听、会关注我。当然，它有时也会撞我一下，但总会先警告我。如今，我已经过了五十岁，变得很有韧性，失望的事再也不足以伤害我。即便如此，每当事情不太对劲，我还是会爬到一座山峰上寻求慰藉。

就好像是去找一位朋友，听取他的建议，在做傻事之前好好想一想，在莽莽撞撞之前冷静一下。

这时，我会走比较好走的路上去，因为人在心情不好的时候，无法面对困难和危险。坐在山顶上抽根烟，对自己说："好啦，我已经到了这里，现在，将那些无聊的东西、忧心、烦恼通通扔在下面吧。"我会在上面静静待几个小时。

我知道，这是我的弱点，问题出在沟通方式以及人际关系上。但我还能怎么样呢？每个人都有自己的毛病，需要自己的医生来医。

大自然和山是我的医生，支撑我不跌倒。也可以说是我们全家的医生，因为爷爷和爸爸也都要到山顶上来治病。山保护我，疼爱我。高难度的登山是后来才开始的，但这和我对山的热爱以及山一直赐给我的礼物没有太大的关系。

山是母亲，孩子在那上面玩耍、玩躲猫猫，向它撒娇。但母亲偶尔也会伸个懒腰、喘口气、打个哈欠，造成孩子滚到下面去。有的孩子甚至被它压在下面而闷死。但谁都没有错。每当读到或听到人家把山形容为凶手，我会极力反驳。山不是凶手，它只不过就是站在它的位置上罢了。真正的凶手是我们人类自己。我们不会生活。是我们宣称男人用了香水以后就不必开口，忘了善行、感恩、尊重的美德。是我们破坏了大自然。生命是铅笔所画的弯弯的细线，延续到某个地方就会中断。有些人的线长，有些人的线短，还有一些人的线还来不及开始就结束了。

但总有那么一天，时间的巨轮会将这条细线擦掉，甚至连我们都完全不记得。那么，人与人之间干吗争来争去呢？没事的时候，山和大自然经常陪我一起度过，令我觉得十分自在。比和人在一起的感觉好多了。因为山不吃醋，不眼红，不试图掌控，也不伺机复仇。山不会出卖人。

为了能时时去山上走一遭，我尽量减轻人生的重担。我没有积聚钱财，不用一大堆华而不实的东西来包装自己，以至于扭曲了生命的意义。人生好比雕刻，必须削减，将多余的部分剔除，以显露内在的本质。山也教给我这一个功课。在山上不吃不喝晃荡了两天，一回到家，罐头金枪鱼不一定要像广告所宣传的，得嫩到可以轻易地用脆面包棒拨开才算好吃。山让我明白：将生命存放在银行，希望借着利息重新将它找回来，是很愚蠢的事。年轻人难免都有点迟钝，山帮助我变得机敏一点。山教会我：走到高峰以后，除了下山，再也无处可去。这个明智的忠告，教导我们在人生的道路上不被自己的野心捆绑，以至于动弹不得。今天的我无怨无悔。一路走来，走到这个地步，如此而已。或许是因为我比以前有智慧，也或许是因为年纪越来越大吧。我将人生当作一把镰刀。使用它，再将它磨利。我不怕用它来锤击隐藏在草堆中的岩石。我也用它来剪花卉。而如今，这把镰刀已经磨损得差不多了，但我还是继续用它来割山上的草。要是能回到过去，这一切的一切我愿意再做一遍。但我并不想回到过去。

供我阅读、写作，以及喝完酒后趴着小憩的书桌上，有一本葡萄牙诗人费尔南多·佩索阿（Fernando Pessoa）的著作，让我在这里引一段书中的话，为本书作结：

当绿草入侵我的坟，意味着我已全然被遗忘。大自然对往事不复记忆，也因此而保有美丽。而若有好事者想"诠释"我坟上那点点碧绿，不妨说：我不断经历重生，永远保持自然。